「キレイ……」
思わずそう声を漏らしてしまう。
死に戻り前——この若草祭で
フェリクスと一緒に
花火を見た時を思い出す。

Character
フェリクス・アシャール
アシャール公爵家の
後継ぎ最有力候補。
端麗な容姿と優れた能力をもつ、
誰からも好かれる人格者で、
『黄金の貴公子』とも呼ばれる。
クラリス・ギヴァルシュ
ギヴァルシュ伯爵家の令嬢。
ロレッタの罠に嵌まり
処刑されてしまうが、
十歳の時点に死に戻り、
二度目の人生を送る。

オレリア・バシュレ

クラリスの幼い頃からの
親友。クラリスのことを
尊敬している。

ヘルムート

第三王子。他の王子に
比べると自由奔放な性格で、
束縛されるのが嫌い。

リタ

ギヴァルシュ伯爵家に
仕える、クラリスの
専属メイド。

モニカ

献身部の部員。
クラリスたちの
優しい先輩。

部長

献身部の部長。
影が薄く、彼の本名を
知る者は少ない。

ロレッタ

光魔法の使い手のため、
貴族だけが通える
ローズベル学園に平民
ながら通っている少女。

「うん、僕もだ。僕を助けてくれて、ありがとう」
そう言って、フェリクスが唇を私の唇に押し当てる。

今度も
愛されなくて
構いません
憎まれ悪役令嬢のやり直し
Shikiso Utsuzawa presents
鬱沢色素
〔illust.〕
河地りん

CONTENTS

イラスト／河地りん
デザイン／おおの蛍（ムシカゴグラフィクス）
編集／庄司智

プロローグ

「クラリス――君には失望したよ」

かつての婚約者――フェリクスがそう吐き捨てる。

今でも愛する男にそんなことを言われて、私は胸が締め付けられる思いになった。

「違うんです！」と反論の言葉を紡ぎたいけど、それは許されていない。

何故《なぜ》なら――今の私は処刑台に上がり、死を待つ運命《さだめ》にあるからだ。


――どうして、こんなことになったんだろう。


あれよあれよという間に、この日を迎えてしまった。

王城の前で行われる処刑。

稀代《きたい》の『悪役令嬢』と呼ばれた私の処刑を見るため、たくさんの人が集まっていた。

学園の同級生でもある第三王子は腕を組んで、黙ってことの成り行きを見守っている。

私の親友は口を押さえて、わなわなと震えている。第二王子は愉快そうに頰杖《ほおづえ》を突いて。さらには近くでなにかを叫《わめ》き、兵に取り押さえられている男の姿も見えた。

まるで運命が、ここに向かって収束していくかのような光景。

なにかが――おかしい。

だが、そのことを考えると頭に霞《かすみ》がかかって、まともに思考を働かせられなくなる。

強烈な違和感を抱いている私に対して、桃色の髪をした少女がこう告げる。


「クラリスさん、あの世で悔いあらためてください！　神様はあなたの悪行を、ちゃんと見てるんですからね！」


私から全てを奪った泥棒猫――ロレッタ。

彼女は勝ち誇ったように、ニッコリと笑みを浮かべ、私に背を向けた。

「最期に言い残したいことは？」

処刑執行人が私に問いかける。

だけどそれはあくまで事務的なもの。私がなにを言っても、この運命は変わらないだろう。

「……ありません」

だから私はそう答える。

処刑執行人はそれを聞き届け、私の首をギロチン台に乗せる。

違和感は残ったまま。
それは人間では抗《あらが》えない、世界の大きなうねりだった。
刃が私の首に落とされ――。
そのまま私――クラリス・ギヴァルシュは十八年の人生に幕を閉じたのだ。

第一章

『まだ逃れようとしますか』

遠くから声が聞こえる。

『ならば、とことん世界の理《ことわり》に抗《あらが》いなさい。さすれば世界は――』

そこで声が途切れ、目の前が真っ白な光によって包まれた。
私は光の中をもがき、その場――いや、世界の理から逃れようとした。
やがて光は薄くなっていき、徐々に世界の輪郭がはっきりとする。
私は自分を押さえつけているなにかを引《ひ》っ剝《ぺ》がし、瞼《まぶた》を開いて――。

「死にたくない！」

と上半身を起こした。

「え、え……？　ここは？」

頭がぼーっとする中、辺りを見渡しながら私は現在の状況を確認した。

ここは……私の実家？

そして私の部屋だ。少し違和感があるけれど、その正体が分からない。

ふかふかのベッドで、どうやら私は寝ていたらしい。


私、死んだんじゃ……？


そうだ。

私——クラリスはギヴァルシュ伯爵家の令嬢として生を受けた。

両親にとっては待望の子どもだったようで、私はそれはそれは蝶《ちょう》よ花よと大切に育てられた。

幼い頃から、私はそれに疑問を覚えず、贅《ぜい》のかぎりを尽くして生きてきた。

そして十歳の時、私は公爵家の跡継ぎ——フェリクスと婚約することになった。

そんな順風満帆の生活を送っていたけれど、学園に入学してから雲行きが怪しくなってくる。

泥棒猫のロレッタと出会うことになってしまうのだ。

「そうだ、ロレッタ！」

彼女の名前を思い出したら、それだけで胸がぎゅーっと締め付けられるように感じる。

彼女に当たり前の生活や地位——大切な人、全てを奪われた。

平和な日々が一変した——私はあの運命の日を思い出していた。

◆　◆

「クラリス！　君との婚約を破棄させてもらう！」


学園で定期的に行われるダンスパーティー。

私はそこで婚約者であるフェリクスから、婚約破棄を言い渡されていた。

「ど、どうして……⁉」

突然の出来事に、私は戸惑う。

「どうして……って、君は自分のやったことが分からないのか？」

「身に覚えがないわ」

「はあ……反省する気はないってことだね。君が犯した罪──それは王家の恩寵《おんちょう》を受けたロレッタを虐《いじ》めていたことだ」

そう言って、フェリクスは先ほどから彼の傍《そば》にいる一人の女性──ロレッタに視線を移す。

桃色の髪にクリクリとした瞳。小動物のような可愛《かわい》らしさを持った女性である。

制服のスカートは短く、太ももがやけに眩《まぶ》しい。豊満な胸の膨らみは、服の上からでも十分確認出来る。

ロレッタは平民でありながら、ローズベル学園に入学していた。

どうして平民である彼女が、貴族しか通えない学園に入学出来るのか？

その理由は彼女が使える魔法――光魔法にある。

この国において、光魔法は神にしか使えない魔法と言われている。使い手は今までの歴史で、片手で数え切れるくらいだったらしく、そういった意味でも貴重な存在として扱われる。

光魔法が具体的にどんな魔法なのかは、私にもよく分かっていない。

何故《なぜ》なら、光魔法の正体は隠蔽されており、ごくごく一部の人間しかその全容を知り得ないのだ。もしかしたら、そうして神秘性を高めようとしているのかもしれない。

「クラリスさん……最初はわたし、あなたをお友達だと思っていました。だけどこんなに酷《ひど》い人だったなんて……」

ロレッタは瞳にうっすらと涙を浮かばせて、そう口にする。

「はあ!? 私があなたになにをしたっていうのよ。正直、あまり好きじゃなかったけど、別に虐めてなんかいないじゃない」

「この期に及んで、まだ、とぼけるつもりかい？ 全部分かってるんだ。君がロレッタにやったことを――」

軽蔑の眼差《まなざ》しを私に向けるフェリクス。

「君は僕と仲が良《い》いロレッタに嫉妬した。だからロレッタに厳しいことを言ったり、周囲の人間に彼女の悪口を広めた」

「そ、そんなの、当たり前のことよ！ だってフェリクスには私っていう婚約者がいるのよ!? だからそのことを注意したり、周りに相談するくらいは普通じゃない！」

実際、愚痴を零《こぼ》した時は「クラリス様が可哀想《かわいそう》」と周りの人間は同情してくれた。それくらい、ロレッタのやったことは非常識だったからだ。

「それだけじゃない——入学して間もない頃、君はロレッタを階段下に突き飛ばしたね？　あれはどう言い逃れをするつもりかな？」

「……っ！」

私は言葉に詰まる。

フェリクスの言ったことは、本当だったからだ。

「み、みんな！　私は悪くないわよね？　悪いのはロレッタよね？」

状況が悪くなった私は、周りに助けを求める。

しかし思っていた反応は真逆のもので、

「やっぱりそうだったんだ……ロレッタさんに厳しいと思っていたけど、裏でそんなことをしてたなんて」

「いつかこうなると思っていましたわ。あなたみたいに傲慢で高飛車な令嬢、フェリクス様にふさわしくない」

「あなたはさながら、物語の『悪役令嬢』のようですね。悪役令嬢は最後には断罪されるのがお約束。しっかりと反省しなさい」

と口々に私を非難した。

どうして……？　今まで、私の味方だったのに……。

それとも表面上は笑顔で付き合って、実は裏では私に良い印象を抱いていなかったってこと？

そんな……それじゃあ私、道化みたいじゃない。

「王家に認められたロレッタを虐めるのは、それ即《すなわ》ち国家に対する反逆だ。クラリス、君は処刑されることになるだろう」

「な、なんで⁉　いくらなんでも、やりすぎじゃ……」

確かに、王家から正式に恩寵を受けたロレッタは、王族と同等と見做《みな》される。

王族を虐めていたと考えたら、処罰されてもおかしくないが……それにしても、処刑はやりすぎだ。

「待ってよ！　私にも反論の機会を……」

「──連れていけ」

話も聞いてくれず、フェリクスは私を顎で指す。

するとこのダンスホールに配備されていた警備兵が私を拘束した。

「だから、待ってってば！　フェリクス！　今日のあなたはおかしいわ。ううん、今日だけじゃない。最近のあなたはずっと──」

実際、フェリクスに対しては強烈な違和感を抱いていた。

彼はお人好《ひとよ》しと言われるほど、優しい。そんな優しいところが、私は大好きだった。

そんな彼が仮にも婚約者である私に処刑を言い渡す……？　違和感しか残らない。

それに今、私に向けられるフェリクスの瞳には光が宿っていなかった。

まるでその焦点は、別のなにかに向けられているようである。

「王家にも抗議するんだから！　この処分はおかしいわ！　それに――ロレッタ！　あなたのことだけは許さない！」

私から全てを奪った女。

フェリクスに寄り添っている彼女を見ているだけで、胸が張り裂けそうに痛くなる。

彼女は私を見つめて、ニヤリと口元を歪《ゆが》めた。

◆　◆

そして私は王城の地下牢《ろう》に閉じ込められた。

もちろん、自分の無罪を主張し続けた。それが認められないと分かったら、次は罰の軽減を訴えた。

だけど全てが手遅れだった。

ワガママで傲慢な令嬢として知られていた私に、味方してくれる者は少なかった。

しまいには物語の悪役になぞらえて、私のことを『悪役令嬢』と呼ぶ者も出てくる始末。

死にたくなかった。もっと長生きしたかった。

しかしとうとう私は処刑台に上がり、滞りなく刑は執行されて……私は死んだ——はずだった。

なのに。

「どうして私、生きてるのかしら？」

もしかしてここは天国？

処刑されたのも夢だった？

だけど処刑される時の恐怖や絶望感はとてもじゃないけど、夢とは思えなかった。

「とにかく……部屋を出ましょうか」

そう呟《つぶや》いて、ベッドから立ち上がろうとしたら。

私は自分の姿に気付いて、驚きの声を上げた。


「なんで私、子どもの体に戻ってるの？」


どういうことだろうか。

ますます意味が分からない。

「死んだと思ったら、実家にいて……しかも子どもの体になってる。これって……」

死に戻り前も十八歳だったんだし、世間一般から見れば十分子どもの範疇《はんちゅう》かもしれないが——

今の私の体は、死に戻り前よりも明らかに一回り小さい。

戸惑っていると、ノックの音。部屋に一人のメイドが入ってきた。

「お嬢様、風邪を引いてるのに、そうやって立ち上がったらダメですよ。ちゃんとおとなしくしておかなくっちゃ……」

「リタ！」

メイド――リタのもとに私は駆け寄ると、むぎゅーっと彼女に抱きついた。

「お、お嬢様⁉」

いきなり抱きつかれて、リタはなにがなんだか分かっていないよう。


――彼女は私の専属メイドだ。


リタはメイドの中でもとびっきり優秀で、彼女はワガママな私が出す無理難題をことごとく達成してきた。

だけど小さい頃からそうだったから、私はそれが当たり前のものだと思っていて、特になにも感じてこなかった。

その考えが変わったのは、地下牢に閉じ込められ、処刑の日を待つ身となってから。

寂しく辛《つら》い生活を送っている間、彼女は毎日のように差し入れに来てくれた。

『私はお嬢様のことを信じています。お嬢様は噂《うわさ》のような悪い人じゃない。このリタが、最後まであなたにお仕えしましょう』

とリタが言ってくれた時には、私は感涙してしまったものだ。

でも彼女の有り難みに気付いた時には、もう遅くて、結局冤罪《えんざい》が晴れることもないまま私は処刑されてしまったというわけ。

だからこうして、リタともう一度顔を合わせることが出来て、感激で胸がいっぱいになった。

「ふふ。そのご様子ですと、もう熱は下がったみたいですね。本当によかったです」

リタは微笑《ほほえ》んで、私の頭を優しく撫《な》でてくれる。

幸せな気分になって、ずっとこうして抱きついたままでいたかった。

だけどそうしたら、さすがにリタを困らせてしまうかもしれない。後ろ髪を引かれる気持ちで、私はリタから離れる。

「教えて、リタ。今の私は何歳なの？」

「はい？」

きょとんとするリタ。

「お嬢様、いきなりなにを……もしかして、やっぱりまだ熱が下がっていない……？」

彼女の反応から察するに、どうやら私は風邪を引いて寝込んでいたらしい。

「う、ううん！　違うの。もう元気いっぱい。自分の年齢をど忘れしちゃって、ちょっと聞きたかっただけ」

「はあ……そうですか。まあ自分の年齢を忘れることって、たまにありますもんね。とはいえ、お嬢様くらいの年頃の子どもでは、なかなかないこととは思いますが……」

リタは首を傾《かし》げたものの、ここであまり問い詰めても仕方がないと思ったのだろう。

深く詮索せずに、こう答えてくれた。

「クラリス・ギヴァルシュ様。あなたは今、十歳ですよ」

「十歳……」

処刑前は十八……ということは今は八年前ってこと？

一体なんで……あっ。


突然、私は一回目の人生に読んだ一冊の本を思い出した。

それは悪役令嬢が子どもの頃に戻って、人生をやり直すという話だ。

悪役令嬢が改心し、みんなから愛されていくストーリーは、私にワクワクと感動を与えてくれたものだ。

まさかその時には、自分が悪役令嬢だなんて呼ばれることになるとは思ってなかったけどね。


――私も死に戻ったっていうこと？

そんなバカな。

あれはお話の中だけのはずだ。

しかしそう考えでもしないと、この不可解な状況に説明が付かない。

私はまだ混乱していたけど、取りあえず「八年前の私に戻ったかもしれない」という可能性を頭に留《と》めておく。

「あ、あのー……お嬢様?」

心配そうに私を見るリタ。

いけない。ただでさえ変なことを聞いてしまったのだ。それなのに急に黙りこくったりして……

彼女も彼女で混乱しているに違いない。

「リタ――教えてくれて、ありがとう」

「え……?」

「ううん。それだけじゃない。いつもいつも、私の面倒を見てくれてありがとね。感謝しているわ」

私がそう言うと、リタはぽかーんとした表情。

あれ? 私、なんか変なことを言った?

そう思ったのも束《つか》の間《ま》、リタは目を見開いて口元に手を当てた。

「お、お嬢様が……『ありがとう』って言ってくれたあああ――――!?」

……はい？

リタのあまりの驚愕《きょうがく》っぷりに、私は戸惑ってしまう。

「ちょっとリタ、どうしてそんなに驚いているのよ」

「す、すみません。お嬢様から『ありがとう』なんて言われたことは初めてだったので……つい取り乱してしまいました」

そう語るリタの声は震えていた。

あー、そっか……私、元々そういう性格だったもんね。

私は使用人がちょっとしたミスをしただけで、必要以上にそれを責め立てた。その上、なにをしてもらっても感謝を伝えることもなかった。

そうするのが当たり前だと思っていたからだ。

こんなことしてたから人望がなくなって、最終的に誰も私の味方になってくれなかったのよね。

「成長しましたね、クラリス様」

とリタは目を涙で濡らし、私に抱きついて喜んだ。

「では——成長したクラリス様の姿を、すぐにお父様とお母様にも見てもらいましょう！」

「そ、そんな大袈裟《おおげさ》な……」

「いいえ！　大袈裟ではありません。なんにせよ、朝ご飯の時間ですし……体調も良くなったなら、早く向かいますよ！」

「ちょ、ちょっと、リタ！　そんなに慌てないで！　まずは着替えないと！」

リタの強引さには少し戸惑ったけど――こういう当たり前の日々をもう一度送れるとは思っていなかった。

もしかして……目覚める前に聞こえていたのは、神様の声かしら？　なら感謝だ。

そう考えながら、心の中でお礼を言った。


「クラリスがリタに『ありがとう』と言った⁉」

「パパ！　これはすごいことよっ！　今日を『ありがとう記念日』と名付けて、急いでみんなへの周知を徹底しなくっちゃ！」

「や、やめて――――！」

リタから話を聞いて。

年甲斐《としがい》もなくはしゃぎ、勝手に話を盛り上げる両親を私は必死に止めていた。

そんな記念日を作られたら、恥ずかしいじゃない！

「うむ……クラリスがそう言うなら、記念日のことは一旦保留にしようか」

「残念ね」

保留じゃダメだ。未来永劫《えいごう》考えないで欲しい。

「記念日のことは残念だけど、クラリスちゃんが成長してくれて嬉《うれ》しいわ。なにかあったの？」

「か、風邪を引いて、みんなが看病してくれたじゃない？　その時に、私は周りの人に恵まれてい

る――ってことに気付いたのよ」

まさかあなたの娘さんは、八年後に冤罪で処刑されますよ……と言えるはずもない。

死に戻ったかもしれないと言っても頭がおかしくなったと思われるだけだろうし、今はそういうことにしておこう。

「クラリスが成長してくれたことは嬉しいよ。親冥利に尽きる。これだったら明日のお茶会も、大丈夫そうだね」

「お茶会？」

私は首を傾げる。

「おや？　もしかして忘れてたのかい？　ダメじゃないか。明日はアシャール公爵家が主催するお茶会だろう？　そこにお前も参加することになっているじゃないか」

「あ」

アシャール公爵家が主催するお茶会――。

その言葉を聞いて、私はさーっと血の気が引いていくのを感じた。


――アシャール公爵家。


この国において、王家に次いで権威を持つ名家。

アシャール公爵家は大昔に国を興す際にも尽力したらしく、そのことで王家からの信頼も厚い。

そしてその長男が、フェリクス・アシャール。

言わずもがな、私の元婚約者だった男だ。

フェリクスは私と同じ歳《とし》。そろそろ婚約者の一人でも……と思い、公爵家がお茶会を開くのだ。

彼は将来、アシャール公爵の跡継ぎになることを期待されている。

整った顔立ちをしていて、金色に輝く髪から『黄金の貴公子』と呼ばれることも多い。

そんな彼の婚約者になれるかもしれない――と思った令嬢たちは、こぞってお茶会に参加し、フェリクスに自分を売り込むのだ。

今思えば、まるで獣が獲物に群がっているようだったけど――あまり非難もし難《にく》い。

何故なら、私もその一人だったからだ。

死に戻り前の私は、フェリクスの婚約者になるために気合いが入っていた。ただでさえ公爵家と結びつきが出来るなら、伯爵家の娘として大金星だし、家のことを無視しても相手はイケメンで将来有望な男だからね。これで気合いが入らない方がおかしい。

そしてこのお茶会での出会いをきっかけに、私はフェリクスと婚約することになったのだ。

しかし――問題は私がフェリクスの婚約者であったことが、結果的にロレッタの嫉妬に火を付けてしまったこと。

彼女を敵に回してしまった私は、処刑台に上げられ――殺されてしまった。

このままだとまずい。

このままでは死に戻り前と、全く同じ道筋を辿《たど》ってしまう。

しかし私は考えた――まだ慌てなくてもいいと。

そもそもお茶会に参加したからといって、婚約が確定というわけではないのだ。

死に戻り前は、なんとしてでもフェリクスと婚約したかったので、彼に猛アピールした。

ならば今回は逆をいこう。

フェリクスにはなるべく近付かず、彼の印象に残らないようにする。

そうすれば彼との婚約は避けられるはずだ。


二度目の人生も愛されなくて構いません！


あんな寂しい死に方はもう懲り懲りだ！

今度は平穏無事をモットーに！

握り拳を作り、心の内でメラメラと炎を焚《た》いた。

「ふふふ、クラリスちゃんったら、やる気十分ね」

「頑張るんだよ、クラリス。まあ仮に良い話にならなくても、君が天使なことには変わりない！

当たって砕けろ――だ！　ダメだったとしても、盛大に残念会を開こうではないか！」

お父様とお母様はなにか勘違いしているけど、今の私はいかにお茶会で目立たないようにしようかと考えを巡らせていた。

そして運命のお茶会当日を迎えた。

都合よく嵐が来て、お茶会が中止にならないかしら……と密《ひそ》かに期待していたが、残念なことに今日は雲一つない快晴だった。

「最悪……」

でも運の悪さは死に戻り前も同じだったので、今更クヨクヨしても仕方がない。

「クラリス様、どうしましたの？　風邪を引いていたと聞きましたが、まさかまだご体調が万全ではないのですか？」

肩を落としている私を気遣って、一人の女性が声をかけてくれる。

「いいえ、大丈夫よ――オレリア。ちょっと緊張しちゃっただけ」

「それなら、よかったですわ」

返事をすると、彼女はほっと安堵《あんど》の息を吐いた。

彼女はオレリア・バシュレ。男爵家の娘だ。

見事な縦ロールの髪型が特徴的で、いつも上品な喋《しゃべ》り方をしている。

家族ぐるみでお付き合いをしている、私の親友だ。

「それにしても……やっぱり人が多いわね」

そう言いながら、私は辺りを眺める。

お茶会はアシャール公爵家の中庭で行われている。

中庭だからといって、舐《な》めることなかれ。そんじょそこらの屋敷《やしき》より広い。青々とした芝生は太陽の光を受けて、輝いているかのよう。

令嬢たちが話に花を咲かせながら、彼の登場を今か今かと待ち侘《まわ》びている。

「クラリス様がそうおっしゃるのも仕方ないですわね。さすが公爵家です。ただのお茶会なのに、まるでパーティーみたい。わたくし、恥ずかしながらあまりこういったお茶会に参加したことがなかったので、落ち着きませんわ……」

とオレリアは自分の頬に手を当て、憂《うれわし》げな表情を見せた。

「ですが――クラリス様はご立派ですわ」

「私？」

「はい！　緊張しているとおっしゃる割には、とても落ち着いていらっしゃるように見えます。それはさながら、幾多もの戦場を潜《くぐ》り抜《ぬ》けた勇者そのもの！　やはり伯爵令嬢ともなれば違いますわね」

まあ……こういうお茶会やパーティーは、死に戻り前に何度も経験してたからね。

ゆえにこれくらいで今更、慌てふためいたりしないのだ。

「クラリス様、今日はお互い頑張りましょうね。とはいえ、わたくしは人数合わせのようなもの。わたくしのことは気になさらず、フェリクス様の婚約者になるためにアピールなさってください！」

「は、はは、そうね」

と私は曖昧な笑みで、オレリアに答える。

「あっ――クラリス様、見てください。フェリクス様が出ていらっしゃいましたわ！」

オレリアがそう言って、視線の先を示した。

中庭にいる令嬢の視線が、一斉にフェリクスの方を向く。

「――っ！」

かつての婚約者の登場に、私は言葉を失う。

なにあの生き物……可愛いっ！

十八歳のフェリクスの姿を知っている私からしたら、十歳の彼はぬいぐるみのように見えた。歩いている姿を見るだけで愛くるしくて、悩ましげな声が口から漏れてしまいそう。

「見てくださいっ！　み、みなさん、フェリクス様の元に向かってますわ！」

彼女が言うように、令嬢たちがこぞって彼の元へ殺到している。

少しでも他の令嬢と差を付けようとしているのだろう。

「わ、わたくしたちも今すぐ、ご挨拶に行きましょう！」

「そ、そうね。まあそれくらいだったら……」

本当は少しでも接点が出来るのを避けたかったが……お茶会に招かれておきながら、挨拶の一つもしないのは失礼だ。

それはそれで、逆に目立つかもしれないしね。

さっとやって、さっと帰ろう。

私はオレリアに腕を引っ張られて、フェリクスの元へと歩み寄る。

他の令嬢が彼を囲んでいるため、幸運なことに、彼の意識はまだ私たちに向いていない。

「――はい、そうですね。立派な父上の跡を継ぐため、日々精進中です」

と彼の声。

ふんわりとした風に乗って、私の耳に入る。

「――っ！」

手を伸ばせばフェリクスに届きそうな距離。

そして彼の優しそうな声。

それらの要素が絡み合い、過去の情景がぶわーっと頭の中に流れ込んできた。

◆ ◆

『クラリス、君はどうして使用人を虐めるんだい？』

学園のお昼休み。

中庭でフェリクスとお昼ご飯を取っていると、不意に彼がそんなことを聞いてきた。

『虐めてる？　違うわよ。あれは教育しているだけ』

私は彼の問いかけに少しも動揺せず、優雅にそう答えた。

その時の私は、本当にそんな意識がなくて。

それが貴族としての当然の振る舞いだと本気で思っていた。

『教育するにしても、もっと優しく出来るんじゃないか？　聞いてるよ。君のところの使用人、長く続かないって』

『優しくするだけでは、相手をつけ上がらせる原因になるじゃない。なにか大きな失敗があってからでは遅いしね』

『もちろん、僕は君の考えは分かっているよ。だけど……僕はみんなにも君の良さを知って欲しい。使用人や同級生から、君が悪く言われているのが耐えられない』

『分かる人に分かればいいのよ。私は――あなたにだけ愛されればいい』

彼の瞳を真《ま》っ直《す》ぐ見つめて、淀《よど》みない口調で私はこう告げる。

『フェリクス、愛してるわ。あなたは？』

『……もちろん、愛しているよ』

とフェリクスは寂しげな表情を作った。

あの時は彼がどうしてそんな顔をするのか、皆目《かいもく》見当が付かなかった。

だけど死に戻った今なら、彼の気持ちがなんとなく分かる気がした。

『クラリス、僕は君を一生愛し続ける。たとえ生まれ変わってもね』

そう言って、フェリクスは私に口づけをする。

脳が溶けるような幸せ。そんな微睡《まどろみ》の中、私は目を閉じて彼の愛情を受け止めていた――。

◆　◆

「……どうかされましたか？　クラリス様」

オレリアが顔を覗《のぞ》き込《こ》んできたが、私は「なんでもない」と返事をする。

どうして今更、あのことを思い出してしまったんだろうか。

もうフェリクスのことは、なんとも思っていないはずなのに……。

「あっ、次はわたくしたちの番ですよ。行きましょう！」

「え、ええ」

他の令嬢が道を空けてくれて、私たちはフェリクスの前にようやく立てた。

「本日はお招きいただき、ありがとうございます。わたくしはオレリア・バシュレ。フェリクス様におかれましては、本日も麗しゅう……」

「ああ、バシュレ男爵のご令嬢だね。君のことは男爵から聞いてるよ。なんでも、とても頑張り屋さんらしいね」

フェリクスが微笑みを浮かべると、オレリアの頬が桃色に染まった。

「ク、クラリス様！　フェリクス様がたかが一男爵令嬢のわたくしをご存じでいらっしゃいましたよ⁉　素敵な方ですわ……」

「そ、そうね」

オレリアが興奮した様子で私に耳打ちしてきたので、適当に返事をする。

フェリクス……十歳なのに女性の扱い方を熟知している。これで婚約者が今までいなかったのだから、末恐ろしいことだ。

「クラリス様、次はあなたの番です。応援していますわ……！」

「あ、ありがとう」

私はオレリアに背中を押されて、フェリクスに一歩近付く。

「本日はお招きいただき、ありがとうございます。私はクラリス・ギヴァルシュです」

「ああ、君のことも知ってるよ。今日は来てくれてありがとう」

相変わらず、フェリクスは微笑みを浮かべている。

「…………」

「……？　ギヴァルシュ伯爵令嬢？　どうしてあまり喋らないのかな？　それにさっきから、視線を合わせてくれないんだけど……」

首を傾げるフェリクス。

もちろん、私がこうしているのは彼の記憶に残りたくないからだ。下手なことを喋って、万が一にでも好感を持たれたら困る。

「もっと顔を見せてくれないかな。せっかく、そんなキレイな顔をしているんだから……」

とフェリクスが私の肩に触れようとした。

さりげない仕草で、普通は特に不快になるものでもない。周囲の人も違和感なく、この光景を眺めていたはずだ。

しかし――この時、過去のトラウマが甦《よみがえ》ってしまった。


『クラリス――君には失望したよ』


悲しげな表情でそう告げるフェリクスの顔だ。

だからなのだろうか。

反射的に私は彼の手を払《はら》い除《の》けてしまって……。


「触らないで！」


と言い放った。

……はっ！

私、とんでもないこと言っちゃった⁉

「え……」

フェリクスは戸惑いの表情。

オレリアも口元に手を当てて固まっている。

それは他の人も同様だったみたいで、場は氷漬けになったかのように静まり返っていた。

「ち、違うんですっ！」

さすがに公爵子息相手にこれはまずい！

私はあたふたとこう弁明した。

「わ、私……昔に少し嫌なことがありまして、それ以来男性が苦手なのです。だからあんなことを言ってしまって……」

私、なんでこんなことしちゃったのよ⁉

そりゃあ、フェリクスには好かれたくない。嫌ってくれるなら万々歳だ。

しかし伯爵令嬢である私が、公爵家の――しかも黄金の貴公子相手にこんな真似《まね》をしたら、どうなるだろうか？

あまりに不敬な行動だったし、今後なにかしらの罰が与えられても仕方がない。

だけど彼は優しかった。

「は、はは。そうだったんだね。そうとは知らずに、触れようとして申し訳ない」

誠実に謝罪するフェリクス。

「あ、謝らないでくださいっ。私が全て悪いんですから。私のことは憎むなり嫌うなり、お好きになさってください……」

さっきからメチャクチャなことを口走っている気がするが、私の意思では止められない。それほど、先ほどの行動は私としても想定外だったのだ。

「と、取りあえず、私はここでお暇《いとま》させていただきますわ。フェリクス様、重ね重ね本日はご招待いただき、ありがとうございました！　では！」

強引に話を打ち切って、フェリクスの前から去る。

「ちょ、ちょっと待って！　君ともう少し話し……」

後ろからフェリクスがなにかを言っているような声が聞こえてきたけど、今の私は逃げることで頭がいっぱいで、それに答えている余裕はない。

「ク、クラリス様！　どこに行かれるのですか――――！」

そんな私をオレリアが慌てて追いかけてきた。

どうしよう……とんでもないことしちゃった。

しかしものは考えようだ。平穏無事からは程遠い行動を取ってしまったが、これでフェリクスには完膚なきまでに嫌われただろう。

やってしまったものは仕方がない。前向きに考えよう。

そう自分に言い聞かせながら、一度も振り返らずにその場を後にした。


……しかし数日後、事態は急変する。

なんと、フェリクスとの婚約話が舞い込んだのだ。

◆　◆

最初、アシャール公爵家から手紙が届いたと聞いた時は、「なにかしらの罰が与えられるのか？」と戦々恐々とした。

先日のお茶会では、フェリクスにあんな失礼な真似をしてしまったんだからね。

しかし予想に反して、手紙には処罰の内容どころか、「フェリクスが私と婚約したいと考えている」という旨が記されていた。


「やったな！　クラリス！」

「黄金の貴公子もクラリスちゃんの魅力にメロメロだったのよ！」

「さすがです、お嬢様！」


両親とメイドのリタは喜んでくれているが、私はそんな声が耳に入ってこないくらいに焦り散らかしていた。

なんで⁉

初対面の女性に「触らないで！」と手を払い除けられて、その女のことを好きになる男がどこにいる⁉

もしかしてフェリクス、ドMなの？　女の子に罵られたら興奮するタイプ？　いや、そんな趣味はなかったと思うけど……。

なんにせよ、このままじゃまずい。なし崩しに婚約させられてしまう。

「どうした、クラリス？　あまり嬉しくなさそうに見えるけど……」

「い、いいいえ。そんなことはないわ。嬉しいけど……私なんかで本当によかったのかなって」

「なにを言うんだい！　クラリス以上に美しい令嬢はこの世にいない。アシャール公爵子息が君に惚《ほ》れたのも必然。神のお導きなのさ！」

興奮しすぎているのか、お父様は大仰なことを言っている。

だけどそれを誰も否定したりしない。異常な光景だわ……。

あまりに周りがはしゃいでいるものだから、反対に私の方が冷静になってきた。

そうだ……まだ婚約の話が来ただけだ。この婚約はまだ確定していない。

死に戻る前のことを思い出す。

フェリクスは確か結婚願望を持たない男だった。

しかし公爵家の長男としての使命感から、無理やりにでも誰かと婚約しようとしていただけだ。

だから本人としては婚約には前向きではないはず。

そこを突けば、婚約の話が白紙になるか……？

そうだ。白紙にしてしまえばいい。

今の私のどこを気に入ったのかは分からないが、穏便に嫌われればいいだけのことだ。

……いや、穏便に嫌われるってどういう事態だと思わないでもないが。

しかし私には死に戻る前の記憶がある。

その経験を活かせば、きっと上手《うま》くいくはず！

「よーし！　急《い》いで、アシャール公爵家に話を進めたいと返事を出そう！」

「出迎える準備もしなくっちゃね！　クラリスちゃん、新しいお洋服を誂《あつら》えましょうね」

「私もお手伝いします！」

私の思惑とは裏腹に、両親とリタはなんとしてでもこの婚約話を成立させるべく、意気込んでいた。


そして――あっという間に話し合い当日となってしまう。

フェリクスは何人かの従者を引き連れて屋敷にやってきた。一行を私たちが客室に招く。

そして対面に座り開口一番、彼はこう言った。

「本日は急な話にもかかわらず、このような場を設けていただき、ありがとうございます」

聞いていて心地よくなる声。

まだ十歳で自分の婚約の話というのに、そこには一切の緊張が含まれていないように感じた。

さすがフェリクス……黄金の貴公子と呼ばれるのはだてじゃない。

「い、いえいえ！　こちらこそ、ご足労いただきありがとうございます！」

「クラリスちゃ――クラリスのことを気に入っていただいて、母親としても嬉しく思います！」

逆にお父様とお母様はフェリクスを前にして、あたふたしていた。

これじゃあ、どっちが大人でどっちが子どもなのか分からなくなるわね……。

それから——少しだけ世間話を挟んだ後、早速本題に移った。

「お話しさせていただきたいのは、クラリスさんとの婚約の件です。しかし当人の意思も確認せずに、婚約の話を進めるのは僕の本意ではありません。ゆえに本日はクラリスさんの考えをお聞かせ願いたいのです」

フェリクスが言うと、部屋にいる人たちの視線が一斉に私に集中した。

その異様な雰囲気に、私は一瞬息を呑《の》んでしまう。

私としては婚約を成立させるわけにはいかない。

だけど両親にこれだけ期待されておいて、いきなり「婚約しません」と言うのは、いくらなんでも蛮勇が過ぎる。

ゆえに私は牽制《けんせい》の意味も込めて、まずはこう質問した。

「フェリクス様にそう言っていただけて、私も嬉しいですわ。しかし……一つ確認を。フェリクス様は私のどこに惹《ひ》かれたのですか？」

「全てです」

フェリクスが即答する。

「えーっと、しかし先日のお茶会では少ししか言葉を交わしていませんよね。それなのに、そこまで絶賛されるのは少し違和感があると言いますか……」

「クラリスさんがそう言うのも、無理はありませんね。そうですね……ならば、僕の一目惚《ひとめぼ》れと言い換えた方がいいでしょうか？　先日お会いしてから、どうしてもあなたのことが頭から離れないのです」

キザなことを恥ずかしげもなく口にするフェリクス。

ん……？　待てよ？

死に戻る前も、婚約時にはフェリクスとは似たような話し合いの場を設けたけど、彼はこんなことを言わなかった気がする。

確か「結婚して、跡継ぎを育てるのは貴族としての義務です」とか言って、はぐらかしていたような記憶があるけど……。

私の良いところなんて言わなかったし、ましてや『一目惚れ』だなんて、彼から一言も聞いたことがない。

前とは変わっている？

ならば、まだ希望はあるかもしれない。

「そ、そうですか」

「クラリスさんはどのようにお考えでしょうか？」

ぐいっと前のめりになるフェリクス。瞳は淀みがない色をしていた。

「ま、前向きに考えさせていただきたいと思っています」

もちろん、これは嘘《うそ》だ。

フェリクスと婚約だなんて、したくないに決まっている。

しかしフェリクスは分かりやすく表情を明るくした。

「それはよかった……！」

「で、ですが！　不安なのです」

「不安……ですか？」

首を傾げるフェリクスに対して、私はこう言葉を紡いだ。

「私に本当にフェリクス様を支えることが出来るのか……と。私はまだまだ未熟者です。なのに、このお話はまるで夢のようで……」

「あなたのような聡明な人が、そんなことをおっしゃるのですか？　やはり僕が思っていた通り、あなたは謙虚な人だ。ますます僕はあなたのことが好きになりました」

フェリクスが声を弾ませる。

ダメだ……どんな言葉を選んでも、フェリクスの私に対する好感度が上昇してしまう。

いかにして彼に嫌われようか――私は頭を悩ませていた。

「まあまあ、急にフェリクス様と婚約するとなったら、さすがのクラリスでも物怖《ものお》じしてしまうのかもしれないね」

「そうだ。ここは若い人同士、二人で喋ってもらうのはいかがかしら？」

「おお、それはいいな。私たちみたいな大人がいると、喋りにくいこともあるだろうし」

突然、お父様とお母様はそんなことを言い出した。

両親がフェリクスに視線をやると、彼は一度頷《うなず》いた。どうやら初めから、決まってたっぽいわね。

「それはよかった。クラリスも……それでいいね？」

「いや、それは――」

なんとか断ろうとしたが、お父様はそれに被《かぶ》せるようにして。

「ほほお！　どうやら、クラリスもフェリクス様と二人きりになりたいようです！　では、中庭に場所を移してはいかがでしょうかっ？」

「それはいいですね。先ほどチラリと見ましたが、キレイな池も見えましたので。クラリスさんと一緒に歩きたい」

……やっぱり決定は覆らなかった。

状況はあまり良くないように思えるが……この程度で諦めてはいけない！

そう決意し、私はフェリクスと一緒に席を立った。


中庭をフェリクスと並んで歩く。

ただそれだけだというのに……私はなにを喋っていいか分からず、早くも場には気まずい空気が流れていた。

だけどそれは私が思っていただけのようで。

「素晴らしいところだね。こんな場所を、君と二人きりで歩けるなんて夢のようだ」

フェリクスの表情は明るかった。

先ほどの丁寧な言葉遣いを、大分崩している。私と二人きりになったからだろう。

「ありがとうございます。ですが、アシャール公爵家の中庭の方が素晴らしかったですわ。やはり公爵家に嫁ぐのが私では不適格かと……」

「君はさっきから、まるで婚約を避けているかのような発言を繰り返すね」

池の前で足を止めて、フェリクスが不安そうな声音で言う。

「そ、そんなことありませんわ。ただ……」

「もう一度言うけど、僕は君に一目惚れした。こんなことは初めてだったんだ。なのに君は僕から離れようとする」

フェリクスは声に一層の真剣味を帯びさせて、こう続けた。

「教えて欲しい。僕に至らぬ点があるなら、それがどんなことだとしても直そう」

「そ、それは……」

言葉に詰まってしまう。

「僕は一生を懸けて、君を守る」

フェリクスの迫力に圧倒されて、私は一歩後ずさってしまった。

「僕はまだ若い。こんな僕の言葉は、君にとっては軽く感じられてしまうかもしれない。しかし信じて欲しい――これが今の僕が君に伝えられる誓いだ」

「ちょ、ちょっと待って――」

慌てて彼と距離を取ろうとした。

それがいけなかった。

「あっ――」

足がもつれて、転倒しそうになる。

後方には……池。

池は浅いから、別に溺れることはない。しかしずぶ濡《ぬ》れになって、話し合いどころじゃなくなるだろう。

それに――彼の前では、キレイじゃない私は見せたくない。

この時の私、何故だかそう思ってしまった。

だが、体は重力に逆らえず、そのまま池に落ちて……。

「クラリス！」

そこでフェリクスの手が伸びる。

彼は私の腕を掴《つか》む。

そして私と体の位置を入れ替えるようにして、代わりに自分が池に落ちてしまった。

バシャーン！

そんな音と共に水飛沫《みずしぶき》が上がった。

「フェリクス様！」

私はすぐに彼の名前を呼ぶ。

そしてこれだけ大きい音が立ったのだ。どこからともなく、我が家の使用人とフェリクスの従者が一斉に駆け寄ろうとした。

しかしフェリクスは彼らをさっと手で制し、

「無事かい？　クラリスさん」

と私に問いかけた。

彼は頭の先からずぶ濡れになって、衣服が肌に貼りついている。

頭には水草が載っていて、その姿はいつも優雅な黄金の貴公子とはとても思えない。

だけど何故か、今まで見たどんなフェリクスよりもカッコよく見えた。

「す、すみません！　私がドジなばかりに……！」

「いやいや、そんなことはないよ。僕が強引すぎたせいだ。それに……君が無事でよかった」

とフェリクスは優しく微笑む。

「こんな状況で聞くのは卑怯《ひきょう》かもしれないけど——君は僕と婚約するのが嫌かい？　嫌なら、今日はこのまま帰るとしよう。君の考えを聞かせてくれないかい？」

本来ならすぐに腕を引っ張って、フェリクスを池から上がらせるべきなのだけど。

何故だか、私はその言葉を聞いて固まってしまった。

「……私からも聞かせてください」

こんな状況でありながらも、他の人たちは私たちに近付こうとしない。フェリクスが止めているというのもあると思うけど……それ以上に、割って入ることが出来ない神聖な雰囲気を感じ取ったのだろう。

私はゆっくりとした口調で、彼に問いかける。

「仮に婚約したとして、あなたは私を裏切りませんか？」

「う、裏切る？」

突然なにを言われたのか分からないようで、フェリクスが戸惑いの表情を見せる。

「はい。過去にあった出来事のせいで、男性が苦手……とお伝えしていましたよね」

「うん。お茶会で言ってたよね」

「それは昔、大切な人に裏切られた経験があるからなのです。それから……私は人間を——特に男性を信じられなくなりました」

フェリクスや親友のオレリアを——あの泥棒猫が全て奪っていった。

もうあんな思いは二度としたくない。

「……っ！」

するとフェリクスは頭を手で押さえて、一瞬だけ苦悶《くもん》の表情を浮かべた。

「フェリクス様……大丈夫ですか？　もしや、やはりどこか怪我《けが》を……」

「い、いや、なんでもないんだ。気にしないで。続けて」

と彼はすぐに表情を取り繕った。

「では——失礼を承知で、もう一度お聞きします。あなたは私を裏切りませんか？」

「なにを言うかと思えば……」

フェリクスは一度息を吐いてから微笑み、私にこう言った。


「裏切るわけがない。僕は君のことを一生愛し続ける」


——裏切るわけがない。

それは過去との鎖を断つ一言。


——もう一度、同じ道を歩んだとしても、僕はクラリスを愛する。


それは声ではない。

フェリクスの情念だ。

そんな言葉は彼から一度も聞いたことがないはずなのに——何故だか、遠いところから彼の思いが届いた気がした。

「あらためて聞かせてもらうよ。僕と婚約してくれないかい？」

フェリクスが私に手を差し伸べる。

こんな優しそうなフェリクスの顔を見ていたら、死に戻り前の彼との楽しい思い出が甦った。

愛されなくても構わないと思った。

だけど私はまだこんなにも彼のことを――。

「はい――喜んで」

私はフェリクスの手を取り、そう頷いた。

……あれ？

もしかして私、墓穴を掘りにいってる？

◆　◆

最初は婚約だなんて嫌だった。
僕――フェリクスはアシャール公爵家の長男だ。

女性と結婚し、跡継ぎを育てるのは貴族としての義務であった。

婚約者候補を募ると、国中の令嬢たちがこぞって手を挙げた。

色々な令嬢と会って、婚約者を決めようと思ったけど……どの相手もピンとこない。

さすがに高位の貴族ということもあって、僕の前に現れる令嬢はみんなキレイだ。

しかしそれは表面上だけのもの。

どれだけ取り繕っても、その裏に潜むギラギラした眼《まなこ》は隠せていなかった。

そんな彼女たちのことが怖くなって、いつしか僕は女性が苦手になっていたのだ。

そしてなかなか婚約者の候補すら決められない僕に、とうとう父上が痺《しび》れを切らした。

それで令嬢たちを集めてお茶会が開かれることになった。

僕は貴族だ。

時には愛がない結婚があるということも、重々承知している。

ゆえに僕は決めた。

今回のお茶会で、『一番多く喋ることが出来た令嬢』に婚約を申し込もう……と。

いささか適当な決め方ではあったが、こうでもしないと決められないから仕方がない。

それに最初は愛がなくても、一緒にいるうちになにか変わるかもしれない。そう考えてのことだった。

しかしお茶会当日。

そこで僕は運命の女性と出会うことになる。

クラリスだ。

『触らないで！』

最初の挨拶以降、ほとんどなにも喋ろうとしないクラリスを心配して、僕は彼女に触れようとした。

少し軽率な行動だったと思う。

とはいえ、拒否はされないという驕《おご》りはあった。

しかし彼女はそんな僕の手を払ったのだ。


こんな令嬢は初めてだ！


今まで、僕の前に現れる令嬢は皆、目の色を変えて迫ってきた。

だが、クラリスだけは違う。

「触らないで！」と言い、そそくさとその場から退散してしまった。こんな令嬢は初めてだった。

それからの僕は上の空。

少し暇な時間が出来たら、考えるのは彼女のことばかり。

こんなことは初めてだった。

これが恋なのだと気付いた時には、僕は父上にこう申し出ていた。

『ギヴァルシュ伯爵の令嬢……クラリスさんに婚約を申し込みたいと思います』

僕がそう言うと、父上は安堵の息を吐いた。

そして話し合い当日。

伯爵家の中庭を二人で歩いていると、彼女が池に落ちそうになってしまった。

僕は咄嗟《とっさ》に彼女の腕を取って、自分と体の位置を入れ替えた。

その結果、池に落ちたのは僕になってしまったが……彼女が無事でよかった。

池に落ちたままクラリスに婚約の意思を確かめると、彼女は寂しそうな表情でこう口にした。

『それは昔、大切な人に裏切られた経験があるからなのです。それから……私は人間を――特に男性を信じられなくなりました』

彼女からその言葉を聞いた瞬間、頭痛が走った。


――はーはっはっは！　良い顔ですねえ。自分の婚約者を処刑台まで連れていった気分はいかがですか？


聞いたことのない声。

誰だ……？　それに自分の婚約者を処刑台までって……なんのことだ？

『フェリクス様……大丈夫ですか？　もしや、やはりどこか怪我を……』

『い、いや、なんでもないんだ。気にしないで。続けて』

僕は彼女を心配させないように、そう答えた。

『では――失礼を承知で、もう一度お聞きします。あなたは私を裏切りませんか？』

『なにを言うかと思えば……』

クラリスの双眸《そうぼう》を真っ直ぐ見て、こう答えた。

『裏切るわけがない。僕は君のことを一生愛し続ける』

その言葉を発すると、僕を縛り付けていた鎖がバラバラに壊れた気がした。

『あらためて聞かせてもらうよ。僕と婚約してくれないかい？』

『はい――喜んで』

そしてクラリスは、婚約の申し出を受けてくれたのだ。

しかしこれはまだ始まり。

これから、僕はいかなる障害が待っていようとも、彼女を守り抜こう――そう心に誓った。

……後日、池に落ちたことが原因で高熱が出てしまった。

いまいち締まらない話である。

◆　◆

えーっと、私だって反省してる。

今度こそ平穏無事に暮らしたかったのに、お茶会ではとんでもないことを言ってしまい。

婚約の話し合いでものらりくらりと逃げようとしたのに、結局彼の手を取ってしまった。

ここまでを振り返ると、なにも順調ではない。

フェリクスの婚約者になったことによって、またロレッタに目を付けられるかもしれないからだ。

事態は最悪とも言えるだろう。

しかし。

「やってしまったものは仕方がない。前向きに考えよう、前向きに考えよう……」

呪文のように何度もその言葉を繰り返す。

そうなのだ。

フェリクスと婚約したからといって、それで別に断罪まっしぐらというわけではない。

要はロレッタと関わらなければいいんだし――仮に関わったとしても、今度は冤罪を被《こうむ》らないように立ち回ればいい。

だけどここで少し懸念がある。

あれから、私は『悪役令嬢』と呼ばれるジャンルの本を読《よ》み漁《あさ》った。

これらになにか、生きるヒントが書かれていると思ったからだ。

そこで私が気になった言葉がある。

それが――『物語の強制力』というものだ。

なんでもこれが働くと、別の生き方を選ぼうとしても、結局は前と同じような人生になってしまうという。

もちろん、これはただの作り話。

しかし『悪役令嬢』ジャンルのストーリーは今の私とあまりに酷似しているので、全くの別物と考えるのは抵抗がある。

最たる例が結局フェリクスと婚約してしまったことである。

作り話、侮りがたし。

だからもしその『物語の強制力』が働くと、前と同じような人生になってしまうかもしれない。

用心はすべきだ。

「そのために私のするべきことは、今のうちから一人でも味方を多く作っておくこと」

前のように高飛車なお嬢様のままでは、冤罪を被った時に味方に回ってくれる人がいなくなってしまう。

そのために私は、今まで厳しく接していた使用人に対しても、優しくすることにした。

こうすることによって、今まで私が築いてしまった悪いイメージを払拭することが出来ると思ったからだ。

「そして……私一人でも生きられる力を身につけること」

これからは様々な可能性を考慮しなければならない。

そのために今まで大嫌いだった勉強にも力を入れ、淑女教育も積極的にこなすことにしよう。

非の打ちどころのない伯爵令嬢――そんな自分になれれば、未来が変わるかもしれないからだ。

「よし……！　そうと分かれば行動行動！」

頬を叩《たた》いて気合いを入れ直す。

そして月日が流れるのは早いもので――。

あっという間に六年の月日が経《た》ち、学園に入学する歳になったのだ。

「分かってると思うけど——君の光魔法は世界の理の内側にいる者たち全員に、作用するはずだ」

少女は膝を突いて、その男から言葉を授かっていた。

その姿はさながら、神託を受ける聖女のようである。

「学園で大きく咲き誇れ。さすれば、君は世界の理《ことわり》を支配することすら出来る」

「はーい！　頑張ります！」

明るい声。

そして少女は制服という名の鎧《よろい》に身を包み、空を見上げる。

「学園では、どんな楽しいことが待ち受けてるんだろ？　世界の楽しいは、わたしが全部ぜーんぶ、頂いちゃおっ！」

少女——ロレッタは一歩踏み出し、それは新しい生活への始まりとなったのだ。

◆　◆

学園の入学初日——朝。
私——クラリスは制服に袖を通して、お父様とお母様の部屋に向かった。

すると……。

「クラリスうううううう！　なんて美しいんだ！　お父さんは嬉《うれ》しいぞおおおおお！」

「あ、あなた！　そんなに泣いてちゃいけないわよ。そんなんじゃ卒業する頃には……ダメだわ。私もクラリスちゃんを見ていたら、泣けてくるうううううう！」

制服姿の私を見るなり、両親がそう声を上げた。

「あ、ありがとね。でも、二人とも大袈裟《おおげさ》よ。というか泣かないでよ！」

「なにを言うんだい！　あんなにちっちゃかったクラリスが、とうとう学園に入学することになったんだぞ？　感動するに……ああ、また泣けてくるうううう！」

「そうよそうよ！　学園でも元気でやるのよ？　たまにでいいから、私たちのことを思い出してちょうだいいいい！」

「だから大袈裟だってば！」

そもそも学園へは、ほぼ毎日ここから通うことになるのよ⁉

別にしばらく、お別れってわけじゃ全然ないんだから！

私は感涙にむせぶ二人の背中を撫《な》でながら、学園について考えていた。

私が今日から通うことになる学園の名は、ローズベル学園。

この国の貴族は十六歳になると、学園に入学しなければならない。

特殊な事由がない限り、入学出来るのは貴族だけ。ゆえに貴族同士が将来の結婚相手を探す場
――という側面もあったりする。

「二人にも挨拶したところで……そろそろ間に合わなくなるから、家を出るわね」

「クラリス、元気にやるんだぞ！」

「ちゃんと学園まで行けるかしら？　私たちが送り届け……」

「夕方にはこの家に戻ってくるんだってば！　それに学園までは馬車に乗って行くのよ？　お父様とお母様も乗ったら、馬車が狭くなるだけじゃない！」

もう！　相変わらず二人とも、私のことになると冷静じゃなくなるんだから！

だけどこうして私の成長を心から喜んでくれて、身を案じてくれる両親のことを誇らしく思う自分もいたり。

なんだかんだで、私も両親のことが大好きなのだ。

「じゃあ……行ってきます！」

私は両親に手を振って、屋敷《やしき》の外で待機していた馬車に乗り込む。

「ふう、やっと落ち着けるわね……」

馬車に乗っても、ローズベル学園に到着するまでには一時間くらいかかる。

その間、ここで考えごとをする余裕が出来るわけだ。

今までも目まぐるしい日々だったけど……これからは程度が違ってくる。

これからの学園生活では、私が断罪されるかもしれないという大きな懸念――分岐点とも言える

べきものが待ち受けているからである。

ローズベル学園に入学してくる、因縁の相手。

私から全てを奪った――あの泥棒猫ロレッタと出会うことになってしまうのだ。

「本当はあまり、学園にも通いたくないのよね。また前回と同じことになっちゃう危険があるから」

だけど学園に入学しないという選択肢は有り得ない。

この学園に通うことは貴族としての義務であり、それは王族ですら例外ではないからだ。

「ロレッタと会っても、今度は積極的に関わらなければいいだけなんだけど……気になるのが『物語の強制力』」

フェリクスと結局婚約してしまった時みたいに、『物語の強制力』が働いて、彼女と敵対することになってしまったら？

油断だけはしないでおこう。

「大丈夫。フェリクスと婚約してからここまで、やるべきことはやってきたんだから」

前回の私とは違う。

今なら万が一ロレッタと敵対することになってしまっても、返り討ちに出来るはずだ。

――と私は前向きに考え、馬車に揺られて時間を過ごすのであった。

「クラリス様！」

学園に到着すると——制服に身を包んだオレリアがこちらに走り寄ってきた。

「オレリア、先に着いていたのね。そこでなにをしていたのかしら？」

「もーう！　クラリス様は意地悪なんですから！　あなたを待っていたに決まっているじゃないですか！」

そう言って、頬を膨らませるオレリア。

あざとくなり過ぎず、自然な仕草で可愛《かわい》らしかった。

十六歳になったオレリアは、その美しさにさらに拍車がかかり、女の私でも見惚《みと》れてしまう女性となっていた。

「クラリス、おはよう」

「フェリクスもおはよう。遅刻しなかったわね」

オレリアと話していると、少し遅れてフェリクスも声をかけてきた。

どうやら彼も、オレリアと一緒に私を待ってくれていたみたい。

「はは。今日から君と一緒に学園生活を送れると考えたら、いてもたってもいられなかったよ」

と今日も変わらず、爽やかスマイルを浮かべるフェリクス。

十六歳のフェリクスは順調に成長し、中身も外見も立派な好青年となっていた。

だけどやっぱり、十八歳のフェリクスと比べたら、たった二歳の差だけど少し幼い。この年頃の男女って、ちょっと目を離したらすごく変わるのよね。

「あの人たち……」

そんな会話を二人と交わしていると、周囲の視線を感じた。

彼ら、彼女らは私たちを遠巻きに眺め、こんなことをヒソヒソと話し出した。

「ええ……伯爵令嬢のクラリス様と、黄金の貴公子フェリクス様ですわ。噂《うわさ》に聞いていたけど……美男美女ですの」

「お似合いですわね。フェリクス様は言わずもがな、クラリス様も優秀だと聞いていますし……」

「知っていますか？　クラリス様は誰に対しても優しく、それは使用人にまで及ぶのだとか」

「ええ、もちろんです。まさに令嬢の鑑《かがみ》。わたくしたちも、彼女を見習わなければなりませんね」

……うん。

美女だとか優秀だとか言われるのは落ち着かないが、悪い評判ではないようでなにより。

前世ではフェリクスと一緒にいるところを見られて「なんであの女がフェリクス様と」って、陰口を叩《たた》かれることもしばしばだったからね。

「ふふふ」

「どうしたんだい、クラリス？　なんかすっごく悪い笑みを浮かべてるけど……」

「クラリス様、たまにそうやって笑いますよね。ですが！　そんなクラリス様も素敵ですわ！」

フェリクスとオレリアが口々にそう言う。

今のところは順調。

思わずほくそ笑んでしまうのも、無理はないのだ。

「まあ――そんなことよりクラリス。入学式のスピーチは大丈夫なのかい？　君のことだから、心配してないけどね」

とフェリクスが質問してくる。

そうなのだ。

今から入学式が執り行われるんだけど、新入生を代表して私がみんなの前でスピーチをすることになってしまった。

何故《なぜ》、そんなことになったのかというと……なんとこの私、クラスを振り分けるために実施された入学テストで、堂々の一位を取ったのである。

お世辞にも成績優秀じゃない――というか勉強に関しては劣等生だった死に戻り前のことを考えると、大躍進である。

これは、この六年間で勉強を頑張ったこともあると思う。だけど――なにより、二回目の人生ということも大きい。

さすがに入学テストの内容はほとんど覚えていなかったけど、死に戻り前は三年生だった私からすると、簡単な問題が多いように感じた。

「ええ、バッチリよ。スピーチの内容はちゃんと考えてある」

「さすがクラリスだ。自分のことのように誇らしいよ」

「すごいですわ！」

「褒めすぎよ。それに私は前座みたいなもの。スピーチの主役は——」

と言葉を続けようとした時であった。

学園の正門前に、一際豪奢《ごうしゃ》な馬車が止まる。その馬車に気付き、私たちに向いていた周囲の視線が、一斉にそちらへ向いた。

その中から颯爽《さっそう》と出てきたのは……。

「ヘルムート殿下……」

私は彼の姿を見て、思わずそう言葉を漏らしてしまう。

ヘルムート殿下——この国の第三王子である。

思わず見惚れてしまう艶やかな黒髪で、顔も驚くくらいの美形。身長も高く、少し筋肉質な体格ながらも、粗野さはない。

本人は無自覚だろうが、育ちの良さが全面に表れ、佇《たたず》まいからは気品を感じる。

だけど——今もそうだが、他人を寄せ付けない雰囲気を身に纏《まと》っていて、いつも不機嫌そう。

そのため、周囲のみんなもヘルムートを遠巻きに眺めるだけだった。

「確か、ヘルムート殿下もスピーチをなさるのでしたね？」

「そう聞いているわ。だからスピーチの主役は殿下よ」

オレリアの質問に、私は首を縦に振る。

今年の新入生の中では、王族のヘルムートが最も地位が高い。

しかも入学テストにおいても、ヘルムートは私に続いて二番だった。新入生代表として、スピーチをする役割に選ばれるのは至極当然だろう。

私とヘルムートのスピーチ――しかしこれは、死に戻り前とは少し違っている。

ヘルムートが新入生代表なのは同じだ。

しかしもう一人は、平民のロレッタが新入生代表として壇上に上がっていたのだ。

ロレッタの成績は特に突出したものではなかったんだけど、王族と平民が肩を並べてスピーチをする――そんな絵になる光景を、学園側は狙っていたのだ。

普通の貴族たちとは違って天真爛漫《てんしんらんまん》で、元気な彼女に新入生の男共は一気に心を奪われた。

そんなロレッタのことが当時の私は気に入らず、入学式が終わった後、彼女にこう詰め寄るのだ。

『随分と気持ちよさそうにスピーチをしていたわね。たかが平民の分際で、あまり調子に乗らないでくれる？』

……と。

今思えば、どうしてあんなことを私は言ってしまったのだろう。後悔しかない。

しかし今回は私が入学テストで一位になることによって、ロレッタのスピーチを阻止した。

別にロレッタが新入生代表として壇上に上がっても、前みたいに突っかからなければいいだけなのだけど――少しでも前と違うなら、それだけで安心出来る。

しかも後日、あんなことが起こるからね。

と前世のことを思い出していると、前だけを向いて歩いていたヘルムートの視線が、

ギロッ。


……という具合に、私に向けられた。

それがあまりにも鋭い眼光だったから、頭が真っ白になって固まってしまう。

しかしそれは一瞬だけで、彼はすぐに視線を逸《そ》らす。

「今……殿下がクラリスを見なかったかな？」

「き、気のせいじゃないかしら？　だってあの、ヘルムート殿下よ？　仮に私が彼と同じ新入生代表であることを知っていても、そんなことを意にも介さないはずだから」

「そうなのかな？　君は美しい女性だし、殿下が思わず見てしまうのも仕方がないと思うが――まあ、そろそろ行こうか。クラリスもスピーチの準備とかがあるだろうしね」

「うん」


入学式が始まり、私は新入生代表として壇上に上がっていた。

「というわけで――私、クラリス・ギヴァルシュはこの伝統ある、ローズベル学園の学生として、勉学や課外活動にも力を入れ、充実した学園生活を送りたいと思います。ご清聴、ありがとうございました」

スピーチも無難に終え、頭を下げると……入学式の会場が拍手の音で包まれた。

「知ってるか？　今年の入学テスト、殿下を押さえてあのギヴァルシュ伯爵令嬢が一番だったらしいぞ」

「大したものだよ。しかもあの黄金の貴公子の婚約者だって言うじゃないか。それにふさわしいスピーチだったね」


拍手の音に混じって、そんな声も耳に届いた。

ふう……なんとか上手《うま》くいったわね。

反応も上々だし、我ながら文句なし！

壇上から会場を眺めていると、オレリアの姿を見つけた。彼女は私の視線に気付くなり、小さく手を振った。

可愛いっ！

貴族の子どもは平民よりも美容にお金をかけてもらえるから、容姿が優れている人が多いんだけど……その中でも、オレリアは一際輝きを放っている。

可愛いものは大好きだ。見ているいると癒《いや》される。

あっ……オレリアの近くにはフェリクスもいた。彼は誇らしげな表情で、優雅に拍手をしていた。なにをしても様になる男である。

「おい――終わったなら、さっさとどけ。次は俺の番だ」

壇上から会場を眺めていると、ヘルムートが大股でこちらに歩み寄り、鬱陶しそうにそう声を発した。

「申し訳ございません。緊張のせいで動けなくなっておりました」

「ふんっ。とても緊張していたとは思えないがな。堂々としたスピーチだった。まるでこの入学式を体験するのが、二度目かのような振る舞いだった」

ギクッ。

もちろん、彼は本気で言ったわけじゃないだろうけれど、今の私の状況をズバリと言い当てていたので、一瞬言葉に詰まってしまった。

「いえいえ、殿下にそうおっしゃっていただけるのは光栄ですわ」

どうにかそう言って、私は淑女らしくスカートの端を摘んで、ヘルムートに頭を下げる。

こうしてヘルムートの目の前に立っていると、死に戻り前の記憶が脳内に甦《よみがえ》ってくる。

『ロレッタに手を出すとは、愚かなことだ。お前には恥というものはないのか?』

地下牢《ろう》に閉じ込められている私に対して。

ヘルムートは瞳に侮蔑の感情を浮かばせて、そう吐き捨てた。

途中まではヘルムートもロレッタのことを嫌っているように思えたけど——それは私の勘違いだった。

いつの間にかヘルムートも彼女に心奪われ、私を弾劾《だんがい》する立場となったのだ。

「……? どうした? ぼけーっとしているが」

「な、なんでもありませんわ」

怪訝《けげん》そうに私を見るヘルムートに、そう返事をした。

「ふんっ、よく分からんヤツだな。まさかお前みたいな伯爵令嬢に、俺が入学テストで負けるとはな」

とヘルムートが堂々とした態度で腕を組む。

「いえいえ、運が良かっただけです。たまたま私が得意な分野が、テストで出題されただけですので……」

「なにを謙遜している。俺に勝ったのだ。もっと胸を張れ」

「は、はあ……」

「名前を聞かせてもらってもいいか?」

相変わらず、一方的に話を進める男だ。そもそも私はスピーチの最中に、何度か名前を出していた。聞いてなかったんだろうか？

だけど無視するわけにはいかない。

私はヘルムートの顔を真《ま》っ直《す》ぐ見て、こう名乗った。

「クラリス・ギヴァルシュですわ」

「クラリスか……」

ヘルムートは私の名前を反芻《はんすう》するように繰り返す。

なにか考えているようだけど……私はこれ以上、長居はしてられない。

次はヘルムートのスピーチなんだし、そうじゃなくても、なにか変なことを私が言って揚げ足を取られると厄介だからだ。断罪待ったなし。

「では、私はこれで……」

「待て」

ヘルムートの横を通り過ぎようとすると、彼は私をそう呼び止める。

拍手の音も鳴り止《や》んで、壇上で相対している私たちに注目が集まる。なにか不穏な雰囲気を感じ取ったのだろうか、周囲とコソコソと話をしている生徒も視界に入った。

「お前に一つ、言いたいことがある」

「な、なんでしょうか？」

嫌な予感を抱きつつ、そう聞き返すと、ヘルムートは私を指差し——、

「良《い》い気になっていられるのも、今のうちだ。次に勝つのはこの俺――ヘルムートだ」

と会場に響き渡る声で、そう言い放ったのだ。

突然の宣戦布告に、会場がどよめく。

「良い気になっているなんて誤解ですわ。別に私は……」

すぐに否定しようとするが、彼はそれを聞かずに歩き出して私の横を通り過ぎた。

しかも勝手にスピーチを始めようとする。

袖幕から先生たちの「早く戻ってきなさい」という強烈な圧も感じたので、私は仕方なく壇上を降りて、自分の席まで戻った。

「クラリス、お疲れさま。良いスピーチだったよ」

「ご立派でしたわ！」

フェリクスとオレリアが、そう労《いたわ》ってくれる。

「ありがとね」

「それにしても……殿下、いきなりとんでもないことを言い出したね。テストに負けたのが相当悔しかったのかな？」

とフェリクスは首を傾《かし》げる。

ヘルムートの負けず嫌いについては、私も認識しているつもりだ。

しかし死に戻り前の彼は、良くも悪くも他人に興味がなかった。

ああやって正面から喧嘩《けんか》を売ってくることはなかったと思うけど……？

一体、私のなにが気に入らなかったというんだ。

「はあ……大丈夫かしら」

「クラリス様、心労が絶えないみたいですね。無理もありません。ですが、クラリス様。あまり悲観しないでください！　殿下はあなたのことを、それだけ評価しているということですから！」

「そうだよ、クラリス。あの殿下にあんなことを言われるなんて、なんなら光栄なくらいだ。決して悪いことじゃない」

と二人が励ましてくれる。

こうしている間にも、ヘルムートのスピーチは続けられている。

だが、予想外のことが起こり不安になってしまったせいで、その後のヘルムートのスピーチは頭に入ってこなかった。


「ふう……やっと終わったわね」

入学式が終わり、私はその場で軽く伸びをする。

凝り固まっていた筋肉が解《ほぐ》され、心地よかった。

「ふふ、いつものクラリス様に戻ってきましたわね。表情が随分と柔らかくなっています」

「まあ、あれこれ考えても仕方がないかな……って」

時間が経《た》っていくと、先ほどのヘルムートの発言があまり気にならなくなっていた。フェリクスが言うように、そこまで悪いことでもないと思ったからだ。

「入学式が終わって、次は教室に移動だね。一緒に行こうか」

とフェリクスが私に手を伸ばす。

私はそれに気付かないふりをして、視線を逸らした。

「君と手を繋《つな》ぎたかったのに……」

フェリクスはちょっと不満げな表情だ。

「は、恥ずかしいじゃない。そんなことより早く教室に向かいましょ――」

歩き出しながら、そう言いかけた――時であった。

「クラリスさーん」

甘ったるい声。

それを聞いて、私は一瞬思考が停止してしまった。


――振り返らなくても分かる。


死に戻り前には幾たびも聞いて、私を悩ませた少女の声。

だが、無視するわけにもいかない。

私は覚悟を決めて、声のする方に顔を向けた。

すると……そこにはあの泥棒猫——ロレッタの姿があった。

「ロレッタさん……ね？」

不快で顔を歪《ゆが》めてしまいそうになるのを堪えて、私は冷静にそう訊《たず》ねる。

「わあ！　わたしの名前、知ってくれてるんですね！　光栄ですー」

パッと表情を明るくして、手を叩くロレッタ。

「ロレッタ……というと、光魔法が使える子だったね」

フェリクスもロレッタの正体に気付く。

すると彼女は目を輝かせて。

「フェリクスさんもわたしのこと知っててくれたみたいで、嬉しいです！　わー、本物の黄金の貴公子様だー！　握手してくれますか？」

「握手……？　まあそれくらいならいいけど……」

ちょっと不審がっている様子のフェリクスではあったが、ロレッタに右手を差し出した。

ロレッタは差し出された手をぎゅっと握って、自分の胸元に寄せる。少し動くだけで、彼女の豊満な胸が揺れた。

「はじめまして。わたくしはオレリアですわ。有名なロレッタ様に出会えて光栄です。わたくしも、お近づきの印に握手をしてくださいますか？」

「もちろんですよー、どうぞー」

ロレッタが名残惜しそうにフェリクスから手を離し、今度はオレリアと握手をする。

だけどフェリクスの時みたいにぶりっ子ぶらないし、握手はあっさりしたものだ。

ロレッタは早々と握手を終わらせて、今度は私に視線を向けた。

「クラリスさんもいいですか？」

「それは――」

どうしても抵抗があったので、言葉に詰まっていると、

「クラリスさんは照れ屋さんですね。ほら――」

とロレッタは強引に私の手を握った。

「……っ！」

痛……っ！

こいつ、たかが握手をするだけなのに、どんだけ力を込めてんのよ。

私がキッと鋭い視線をロレッタに向けると、彼女は子リスのように首を傾げた。

この子の性格からして、絶対にわざとだ。

彼女なりの宣戦布告ってわけ？

「クラリスさん、とても手がキレイですね」

心がこもっていなさそうなお世辞を言いながら、ロレッタは手を離す。

ジンジンと痛む手を全く気にしていない素振りをしながら、彼女に冷たい声で私はこう問いかけ

る。

「それで……ロレッタさんはなんの用ですか?」

「うわー、クラリスさん。怖い顔してますよー。ダメですよ！　女の子がそんな顔しちゃ！」

まるで子どもに教えるかのような仕草で、ロレッタは人差し指を立てた。

殴りた……ってダメダメ。感情を隠し切れなくなっている。

私は感情を押し込めて、笑顔を浮かべた。

「ふふふ、やっぱり、クラリスさんは笑っている顔の方が可愛いですよー」

間延びした声で、ロレッタは続ける。

「なんの用かというと——わたし、さっきのスピーチを見てクラリスさんのファンになったんです！」

「……は?」

「だって、壇上であんなに堂々とスピーチしてたじゃないですか！　カッコいいなーって思って。よかったら、わたしと友達になってくれませんか?」

こいつ、なに言ってんだ……と思わないでもないが、ここで断るのは得策ではない。

「ええ、もちろんよ。これから仲良くしましょう」

誰があんたと仲良くなるか。

喉元までそんな言葉が込み上げてくるが、すんでのところで呑《の》み込《こ》んだ。

「わー、ありがとうございます！」

その場でぴょんぴょんと飛び跳ねるロレッタ。

ロレッタのことをなにも知らなければ、それはただの可愛い動作に見えていただろう。

それくらい、洗練されたあざとい動きだった。

「じゃあ……わたしはそろそろ教室に行きますー。また後でねっ」

最後に、ロレッタはフェリクスにウィンクをして、入学式の会場から去っていった。

全く……嵐のような女である。

「ふう」

フェリクスは疲れたように息を吐く。

「明るい方でしたわね」

オレリアがそう感想を告げる。

私は彼女の本性を知っているから、別なんだけど……他の人は違うだろう。

貴族の常識をちょっと知らないところもあるが、それは元々平民なのだから仕方がない。

逆にそういった抜けているところも、貴族からしたら新鮮で可愛らしく見えるんだと思う。

「…………」

「どうしたんだい？　クラリス、さっきからロレッタが歩いていった方をずっと見てるけど……」

「フェリクスはロレッタさんのことを、どう思った？」

私の急な質問に、フェリクスは目を丸くする。

「どうしてそんなことを？」

「な、なんとなく気になって」

「そうだね……ちょっと馴《な》れ馴《な》れしすぎると思ったけど、ああいう天真爛漫なところが彼女の良さなんだろう。可愛い女の子だとも思う。だけど……」

フェリクスは頬を掻《か》いて、言いにくそうにこう続ける。

「あんまり、ああいうガツガツした女の子は得意じゃないんだ。君に出会う前——婚約者候補として紹介された女性たちに似てるからね」

「そうなのね」

内心、ほっと胸を撫《な》で下《お》ろす。

だけど死に戻り前のフェリクスは、最終的にはロレッタを選んだ。ここから、彼女のなにに惹《ひ》かれていくのか分からないけど……これで気を抜くほど、私も間抜けじゃない。

「それに——」

とフェリクスは真っ直ぐ私の目を見て、こう告げた。

「可愛いとは言ったけど、クラリスには負けてるよ。やっぱり君が一番だ」

「——っ！」

不意打ちで褒められて、私は即座に返事をすることが出来なかった。

『裏切るわけがない。僕は君のことを一生愛し続ける』

そこでふと、フェリクスがあの中庭で立てた誓いを思い出す。

……そうだ。

今回は前とは違う。

だから。

「弱気になっちゃダメ！」

私は両頬を自分で叩いて、気合いを入れ直す。

結構な音が立ってしまったので、周囲の人が驚いてこちらを見た。

「ク、クラリス。急にどうしたのかな？」

「なんでもないわ。気にしないで」

弱気になっても仕方がない。

だってそんな気持ちになっていたら、いつの間にか前と同じ道を歩むことになってしまう気がしたからだ。

——こうした波乱がありつつ、私の二度目の学園生活はスタートしたのであった。


「同じクラスで本当によかったですわね」

教室。

私の隣の席に座ったオレリアが、そう口にした。

「ええ、私もオレリアと一緒で嬉しいわ。クラスに誰も知り合いがいなかったら、寂しいものね」

私は笑顔でそう答える。

ここでは——年によって多少ばらつきはあるけれど——一学年Ａ～Ｅの五クラスに分かれる。

そして肝心なのが、このクラス分け。

ランダムに振り分けられるものではなく、家柄や入学テストの結果によって決められる。

貴族の学校とはいえ、一代貴族から王族まで身分が幅広い。

それなのになんの考えもなく、全てごちゃ混ぜにすることは現実的ではなかったからだ。

私たちのクラスはＡ。

最も実力と格が高いと言われているクラスだ。

死に戻り前の私は入学テストの結果がかなり下の方だったせいで、伯爵令嬢ながらＥクラスだった。

この学園においては所謂《いわゆる》、落ちこぼれのクラスである。

今回は入学テストで一位を取れたので、一番上のＡクラスに入ることが出来た。

オレリアも「クラリス様と同じクラスになりたい！」という一念でかなり勉強を頑張り、このＡクラスに滑り込むことが出来たわけだ。

「クラリス様でしたら、仮に知り合いが一人もいなくとも、すぐに友達が出来ると思いますけれどね」

「そうかしら？」

「そうですよ！　それに……フェリクス様とも一緒でよかったですわね」

そう言って、オレリアが視線を前に移す。

黒板の前では、フェリクスが他の男子たちと話に花を咲かせていた。

彼は顔も広いし、入学前から知り合いがたくさんいるのかしら？

そんなフェリクスの姿を、クラスメイトの令嬢たちがうっとりとした様子で眺めていた。

まあ……フェリクスは、我が婚約者ながら容姿端麗だしね。

私もフェリクスの婚約者じゃなければ、彼女たちと同じように少し離れたところから彼に視線を注いでいたのかもしれない。

「ん……」

フェリクスは私の視線に気付いたのか、こちらに軽く手を振ってきた。

「……！」

手を振り返すのも癪《しゃく》だったので、顔をぷいっと逸らす。

「ふふふ、照れてるクラリス様も可愛いですわ」

「どうしてそんな解釈になるのよ……」

溜《た》め息《いき》を吐く。

とはいえ、オレリアとフェリクスと同じクラスになれたのは、私にとって幸運である。味方は一人でも多い方が良いからね。

「確か、前だと……」

死に戻り前のことを思い出していると、不意に扉の開く音が教室に響き渡った。クラスメイトの視線が一斉にそちらを向く。

教室の空気が一瞬、ピリッと引き締まったように感じた。

「……ふんっ」

私もそちらを見ると、ヘルムートが不機嫌そうな顔をして教室に入ってくるところだった。

ヘルムートは私の真後ろの席に腰を下ろした。そこが彼の席だったらしい。

両足を机の上に放り投げている彼は、かなり近寄り難《にく》いオーラを漂わせている。

「……なんだ。お前が俺の前の席か」

無視しようとしたけど、彼に声をかけられてしまった。

入学式でちょっとした事件を起こした二人の会話に、クラスメイトの息を呑《の》む音が聞こえた気がした。

「そうですわ。なにかご不満でも？」

「不満はない。ただ面白いと思っただけだ」

「面白い？」

問いかけるが、ヘルムートから答えは返ってこなかった。

「それにしても……ヘルムート殿下は豪快なお方ですね」

入学式の時からそうであったが——扉を乱暴に開けたり、机に足を上げたり……と、目立つような行動を彼は取っている。私はそれを咎《とが》めたわけである。

ただそれをそのまま本人に伝えるわけにはいかないので、『豪快』という言葉で濁しているが。

「なんだ？　学園の備品を大事にしろって言いたいのか？」

「いえいえ、そんなことは……」

「だったら、俺に余計なことを言うな。それから……」

ヘルムートは愉快そうな面《おもて》をして、こう言葉を続ける。

「お前は取り繕うのが苦手なようだ。お前の言う『豪快』という言葉には、あまり良い印象を抱かないんだが？」

「……………」

なんて弁明しようかと考えていると、ヘルムートは私に興味をなくしたのか、目を瞑《つぶ》った。

「ク、クラリス様……！　すごいですわ。ヘルムート殿下に対しても、毅然《きぜん》とした態度を貫かれていて……！　もしかして、学園に来る前にもヘルムート殿下にお会いしたことがあったんですか？」

ヘルムートに聞こえないように、オレリアが私の耳元に口を寄せて質問してくる。

「いえ、初めてよ」

「それなら、なおのことすごいです……！　わたくし、クラリス様に一生付いていきますわ」

「ご、ご自由に」

ぎゅっと拳を握るオレリア。

またオレリアの中での私の評価が、訳が分からない方向に伸びている……そのことに口元をひくつかせていると、

「あっ、ここがＡクラスだったんですねー。ちょっと迷っちゃいました！」

ヘルムートとは正反対に、元気できゃぴきゃぴした声を発してロレッタが教室に入ってきた。

来た――分かってたけど、この甲高い声を聞いていたら頭が痛くなってくるわ。

ロレッタは平民で、入学テストの成績も平均点くらい。

しかし彼女は貴重な光魔法の使い手。王家からの恩寵《おんちょう》も受けている。

そのおかげで彼女も最高位のＡクラスになっているのだ。

これは死に戻り前と同じだったので、特に驚いたりはしない。

オレリアたちと同じクラスになれたのはよかったが、これだけは出来れば避けたかったけれど。

「あっ、ヘルムート殿下！　こんにちは！」

ロレッタはそのまま教室を歩き……なんと、寝たフリをしているヘルムートの前で足を止めた。

なかなか度胸のある女である。

「…………」

「あれー？　ヘルムート殿下。もしかして聞こえていないんですか？　わたしです。ロレッタです」

「聞こえてる。だから俺に喋《しゃべ》りかけるな。他の王族は知らないが、俺はお前のことがあまり好きではない」

片目を開けて、そう言い放つヘルムート。

こいつもこいつで大概だ。

でも彼にしては『嫌い』とは言わずに、『好きではない』と言葉を選んでいる。

それが彼なりの、ロレッタに対する最大の配慮だろう。

「ふふふ、ヘルムート殿下は相変わらず照れ屋ですねー」

しかしロレッタは臆さない。

普通の令嬢なら、ヘルムートにそんなことを言われたら肩を落とすだろう。だけど自信家のロレッタは違った。彼女は鋼のような精神力をしているのだ。

だけど多分……この二人、相性は最悪。

それなのに、どうして死に戻り前はヘルムートも彼女に靡《なび》いたのだろうか?

冷静に考えると、不思議なことばかりである。

「あっ、クラリスさんもAクラスなんですね！　これから仲良くしましょうね！」

「そ、そうね」

顔に無理やり笑顔を貼りつけて、私はそう答えた。


その後、軽く自己紹介の時間があり、担任の先生が学園の仕組みについて説明してから、解散となった。

今日のメインは入学式で、授業自体は明日から行われるからだ。

私は特にやることもなかったので、そのまま家に真っ直ぐに帰った。

すると……。

「ただいま――ってどうしてみんな、集まってるの？　なにかあった？」

何故だか玄関にお父様とお母様、さらにはメイドのリタ――だけではなく、他の使用人も揃《そろ》って私を出迎えてくれている。

家族や使用人から大切にされている自覚はあるけど、さすがにただ帰宅しただけだというのに、この出迎えは大仰な気がする。

しかし私の問いを無視して、

「おお……私たちの天使。しばらく君に会えなくて、寂しかったよ」

「クラリスちゃんが無事に帰ってきたわ！　みんな、クラリスちゃんを褒めてあげて！」


お父様とお母様がそんなことを言い出した。

さらに二人の言葉を皮切りに、使用人たちが寄ってきて「よくぞ帰ってきました」「素晴らしい」「やはりクラリス様は他のご令嬢と一味違う」と口々に私を褒めてくれた。

「ちょ、ちょっと！　なによ、これ⁉」

もみくちゃにされながら、私はリタを問い詰めた。

「はい。みなさん、朝からずっとクラリス様のことを心配していて……」

「心配？」

「はい。『友達は出来るだろうか』『悪い男に騙《だま》されないだろうか』『もしかしたら、泣いて帰ってなのか。

くるかもしれない』などなど……」

「か、過保護すぎるわよ⁉」

もう私も小さい子どもじゃない。十六歳なのだ。それなのにここまで心配するのはいかがなものなのか。

「それに……大丈夫よ！　ちょっと入学式で事件はあったけど……あっ」

うっかり言ってしまい、慌てて口を手で押さえるが、時既に遅し。

お父様は心配そうな顔つきになって、私の両肩を摑《つか》んだ。

「じ、事件？　大変だ！　クラリス――話しなさい。どんなことがあっても、お父さんはクラリスの味方だから」

やば……っ、過保護な両親のことだ。根掘り葉掘り聞かれて、話が大きくなってしまいそう。

「た、大したことないから！　きょ、今日は疲れたから、もう自分の部屋で休むわね」

「ま、待ちなさい、クラリス！　一体、学園でなにが――」

お父様から逃げるようにして、私は自室に駆け込んだ。

「ふう……みんな、本当に過保護なんだから」

制服のまま、ベッドに横になって先ほどのことを思い出す。

私が口を滑らせてしまった原因は、ロレッタの件もあるけど――なによりヘルムートの顔が頭をよぎったからだ。

『良い気になっていられるのも、今のうちだ。次に勝つのはこの俺――ヘルムートだ』

「あいつ、なんであんなことを言ったのよ」

死に戻り前は良くも悪くも、ヘルムートは私に――いや、他人に興味がなかった。それなのに、あのような行動に出たのは予想外だった。

だけど。

「まあ……私のことを嫌っているわけじゃなさそうだから、悪くはないのかな？　今はそれより――ロレッタのこと」

前回、私とロレッタの初の会話は入学式が終わってすぐだった。新入生代表としてスピーチしたロレッタのことを疎ましく思い、私が彼女に突っかかったのだ。

でも私が入学テストで一位を取ったことにより、今回は運命が変わったと思った――しかし、結局ロレッタと入学式で顔を合わせることになった。

もちろん、前回とは状況が違う。

我ながら――表向きは――友好的に彼女と接することが出来たし、これが直接、断罪の未来に繋がるとは思えないのだ。

でも抗《あらが》うことの出来ない、大きな運命のうねりを感じた。

どんな行動を取っても、結局は前と同じようなことが起こってしまう。

――『物語の強制力』。

少し考えすぎかもしれないけど……死に戻り前、入学式がきっかけで起こったあの、あの、あの事件を思い出すと、どうしても胸騒ぎがする。

私はもう一度、思い出す。

悲鳴が飛び交い、私とロレッタの道が決定的に分《わか》たれた——あの日のことを。

◆　◆

これは死に戻り前の話だ。

入学式が終わってからも、ロレッタはローズベル学園のみんなから注目を集めていた。

平民出身の女の子が、入学してきたのだ。それだけでもお釣りがくるくらいなのに、さらに新入生代表としてスピーチしたことによって、彼女は一気に脚光を浴びた。

見た目は可憐《かれん》で、性格も明るい彼女に、みんなは好感を持っていた。

しかし死に戻り前の私は、そんな状況が許せなかった。

入学してまだ間もないのに、対ロレッタを意識して、自分を中心に派閥を形成した。

これにより、『貴族という特権を活《い》かして、周囲に取り巻きを集めたクラリス』と『平民であり味方も少ない、悲劇の少女ロレッタ』という対立軸が生まれた——というのは後から気付いたことである。

本格的にロレッタと敵対することになった私は、取り巻きの令嬢たちの声もあって、あることを思いついた。

入学してから気に食わない行動を続けたロレッタに、ちょっと釘《くぎ》を刺しておこうと思ったのだ。

そして人気《ひとけ》の少ない場所——旧校舎にロレッタを呼び出して、私は彼女にこう詰め寄った。


『調子に乗らないでって警告したわよね？』


今思えば、悪役ムーヴをかましすぎである。

それに対して、ロレッタは小首を傾げ、

『調子に……？　調子になんて乗ってませんよ。どこを見て、クラリスさんはそう判断したんですかー？』

と口にした。

『みんなからチヤホヤされて、勘違いしてるんじゃない？　男性にも色目を使っているみたいだし。元気《いい》な平民のあなたに、貴族の振る舞いを説いても仕方ないと思うけど——あなたの行動はさすがに目に余るわ』

『そんなこと言われても——』

表情に困惑の色を浮かばせて、ロレッタは毅然としてこう言う。

『調子になんて乗ってません。男性に色目を使っているっていうのも、誤解です～。クラリスさんは可愛いわたしに、嫉妬してるだけじゃないんですか？　そんなんだったら、フェリクス様にも嫌われますよ？　彼もわたしみたいな女の子の方が好きなんじゃないですかね』

『──っ！』

すぐに言葉を返せなかったのは、彼女の言ったことに心当たりがあって──さらにはフェリクスの名前を出されたからだろう。

気付いたら、私は咄嗟《とっさ》に手を上げていた。

『うるさい！　フェリクスはそんな男じゃない。そもそもクラリス様でしょ？　馴れ馴れしいのよ──！』

軽く手を払ったつもりだった。

しかし払《はら》い除《の》けた手は、ロレッタに当たってしまった。

『きゃっ！』

短い悲鳴を上げて、彼女の体が後ろに倒れていく。

後方には──階段。

すぐに手を伸ばすけど、もう間に合わない。彼女が階段下まで落ちる光景が、やけにゆっくりに見えた。

『きゃ────────っ！』

そして少し遅れてから、背後から悲鳴が聞こえた。

そちらに顔を向けると、この場を目撃したであろう令嬢が青い顔をしていた。

あまりにも最悪のタイミング。

どこから見ていたかは分からないが……場合によっては、私がロレッタを階段下に突き飛ばしたように見えただろう。

いや、実際そうなのだが、私はそういうつもりじゃなかった。

『ちょ、ちょっと待って！　誤解よ！　これは――』

慌てて弁明しようとするが、その少女は逃げるようにその場から走り去る。

階段下で倒れているロレッタの目は、固く閉じられたままだった。

◆　◆

――あの後は大変だった。

すぐに先生や他の生徒が来て、ロレッタを保健室に連れていった。その中にはフェリクスの姿も。

私はせめてフェリクスにだけは――と思って口を開くが、彼はまともに取り合ってくれなかった。

幸い、ロレッタはかすり傷くらいで大事には至らなかった。

だが、私がロレッタを階段下に突き飛ばした――という衝撃的なニュースは、学園内に瞬く間に広まった。

しかもロレッタは今回の件を「わたしが足を滑らせただけ」と言った。それによりロレッタは私を庇《かば》っていると言う者も現れて、そのことがさらに彼女の評価を上げる一助となったのだ。

彼女とのエピソードの中でも、かなり深く記憶に刻み込まれている出来事である。


前と同じようなことが起こってしまえば？


もちろん、今回の私はロレッタと二人きりになるつもりはないし、階段下に突き飛ばすなんて言語道断だ。

しかし先ほどの入学式後、なんだかんだで彼女と顔を合わせることになってしまった。

だから今回も同じようなことが起こる予感がしたのだ。

「なんとしてでも、同じ未来は回避しなければ……」

少しでも前と同じことは避ける。

まずは旧校舎には、なるべく近付かない。ロレッタを階段下に突き飛ばすことになってしまった場所など、もってのほかだ。ちょっとでも危険があるなら、避けた方がいい。

そしてロレッタと敵対することもやめる。前回は派閥を作ってしまったことにより、誰の目から見ても私とロレッタという対立軸が出来てしまっていた。周りから乗せられてなにをやらされるか分からないし、そういう行動は慎む。

「よし……！　大丈夫！　さすがにここまで違った行動をしたら、『物語の強制力』も私に手が出せないでしょ！」

私はそう思い、再び気合いを入れ直すのであった。

だが——やはりこの大きな世界の流れにおいては、人間は無力だった。

それは世界の理とも呼べるもので——私は結局、同じ道を歩むしかなかったのだ。

第三章

翌日から、学園の授業は開始された。

さすがローズベル学園。

授業の内容は、一年生にしては難しいように感じたが……なにせ、私は二回目。問題なく、付いていくことが出来た。

「というわけで――魔法を使う際、基本的には術者は対象を視界に入れておく必要があります。優れた術者はまた違うんですけどね……っと、時間がきたようです。今日の授業は終わりです。では、また明日」

本日最後の授業が終わって先生が教室から出ていくと、クラスメイトの三人組の女の子が寄ってきて、

「ねえ、クラリス様」

と私に声をかけてきた。

「なにかしら？」

嫌な予感がしつつも、そう問い返すと、

「クラリス様はロレッタ嬢のことを、どうお思いですか？」

そう言って、その女生徒たちは窓際にチラリと視線をやった。

見ると、ロレッタがクラスメイトの男子たちに囲まれて、質問攻めにされていた。

ここからだとなにを言っているか分からなかったが、ロレッタは楽しそうな表情である。

彼女の一挙一動に、男子たちは頰を綻ばせていた。

もちろん、その中にはフェリクスやヘルムートはいないけどね。

「どうお思いって……元気な子だなって思うけど」

本音を口にするわけにもいかず、私は無難な返答をした。

すると三人の女生徒はなにを勘違いしたのか、「やっぱり！」と声を上げる。嫌な予感はなくなるどころか、さらに酷《ひど》くなっていく一方である。

「クラリス様もはしたないい娘だとお思いなんですね」

「はい？」

どうして、そう受け取るんだ……と思いかけるが、貴族社会において、直接的に相手をけなすことは少ない。

婉曲《えんきょく》表現を使い、相手の悪口を言ったりするのだ。

なかなか陰湿な真似《まね》だと思うが——私の言葉も、そう受け取られてしまったということかしら。

「わたくしもロレッタ嬢の行いは、少々行きすぎるところがあると思いますわ」

「男子たちもみっともない。ロレッタ嬢に鼻の下を伸ばして」

「それに比べて、クラリス様は素晴らしい。フェリクス様という素敵な婚約者もいて、他人に媚《こ》びへつらうこともしない。まさしく令嬢の中の令嬢ですわ」

その女生徒たちの言葉と表情には、ロレッタへの不快感が滲《にじ》んでいた。

もしかして彼女たち――。

と思ったのも束《つか》の間《ま》、リーダー格の女生徒がこう口を動かす。

「このままでは、ロレッタ嬢を調子付かせてしまうことになりますわ。せめてわたくしたちだけでも、クラリス様を中心に団結すべきだと思いますの」

「そうです！　クラリス様が中心にいてくれるなら、もっと味方が増えると思いますわ！」

それを聞いて、私の中の嫌な予感は確信に変わる。


彼女たちは派閥を作りたいのだ。


死に戻り前の光景がフラッシュバックし、つーっと細い汗が頬を伝った。

「え、遠慮しておくわ。私、そういうの柄じゃないし」

と丁重にお断りする。

確かに――味方を作ることは私の目的にも合致している。

だけど死に戻り前は、私が断罪された時に派閥のみんなは助けてくれなかった。結局、表面上の付き合いだけだったのである。

それを私は前世の経験を通して、痛いほど分かっていた。

「じゃ、じゃあ私は行くわね。早く帰って、ピアノのレッスンを受けないと……」

無論、ピアノうんぬんは嘘《うそ》だ。

「ま、待ってください、クラリス様！　あなただったら、学園を統べることも出来るはず――っ！」

そんなこと、したくないのよ！

私は逃げるように彼女たちの前から去った。

「ふう、危ないところだった……」

廊下を歩きながら、そう息を吐く。

死に戻り前は、私から積極的に派閥を作ろうとした。

だから自分から声をかけなかったら大丈夫だと思ったが……まさかあちらから、派閥の話を持ちかけてくるとは。

「これも『物語の強制力』のせいなの……？」

入学式のこともあるし、最近それをますます強く意識してしまう。

このままじゃダメだ。

本当にその気がなくても、ロレッタを階段下に突き飛ばすあの出来事に遭遇してしまいそう。

だけど。

「私は負けないんだからっ！」

立ち止まって、拳を握る。

急に大声を発した私に、周りの生徒たちはビクッと肩を震わせていた。

そうだ。私は『物語の強制力』なんかに負けたりしない。

どんなことが待ち受けていたとしても、それを華麗に回避してみせるわ。


だが――翌日から早速、『物語の強制力』は顔を出した。

まずロレッタを突き飛ばす場所となった、旧校舎の廊下だ。

なにが起こるか分からないので、絶対そこには近付くつもりはなかったが、オレリアがこんなことを言ってきた。

「旧校舎に音楽室がありますわよね？　わたくし、クラリス様のピアノの演奏を久しぶりに聞きたいですわ！　今すぐ行きましょう！」

……と。

そしてその音楽室に行くためには、どうしてもあの（私限定だけど）曰《いわ》くつきの廊下を通らなければならない。

オレリアはテンションが上がっているみたいで、私の腕を強い力で引っ張っている。

簡単には断ることの出来ない、圧のようなものを感じた。

しかし私はそこで踏みとどまって、

「そ、そこに行かなくてもいいんじゃない？　オレリア、久しぶりに私の家に来なさいよ。そこで演奏してあげるわ」

と伝えた。

「クラリス様のお屋敷《やしき》には最近立ち寄っていませんね。魅力的なご提案ですが……一度、この学園の音楽室も見てみたいですし、そちらに行きましょう」

珍しく、オレリアもなかなか引いてくれない。

そんな彼女の楽しそうな表情を見ていたら、どうしても断りきれなくて、渡り廊下を伝って旧校舎に辿《たど》り着《つ》いてしまった。

あとは目の前の階段を下れば、あの廊下に行き着いてしまう。

どうしたものか……。

その時、旧校舎の見取り図が頭の中に浮かんだ。

「待って！」

そう言って、今度は私がオレリアの手を引き、近くの空き教室に入った。

「……？　どうしたんですか、クラリス様。ここは音楽室ではないですよ？」

「ちょっと付いてきて」

と私は教室の窓を開ける。

そして窓の枠に足をかけた。

「クラリス様、一体なにを――きゃっ！」

オレリアが短い悲鳴を上げた。

それもそのはず。

私は窓から身を翻《ひるがえ》し、器用に下のベランダに飛び移ったのだ。

「ク、クラリス様が、死んじゃいました!?」

「死んでないわよ。ほら、オレリア」

呼びかけると、オレリアが窓から体を乗り出して、私を覗《のぞ》き見た。

「ここが音楽室なのよ。オレリアも同じように……ってのはさすがに言えないけど、あなたも階段で早く降りてきなさい」

「は、はいっ！　さすがクラリス様。運動神経抜群ですね！　ですが、どうしてそのような真似を？」

「さ、最近、運動不足だからね。ちょっと運動したかっただけ」

いや、どんな言い訳だと自分でも思った。

だけど素直なオレリアは「さすがクラリス様！」と再び言って、その場からいなくなった。今頃、階段を降りてこちらに向かってきているだろう。

「ふう、なんとかなった……」

額に浮いた汗を、袖で拭う。

しかし私は気付いてしまった。

「あ」

オレリアと同じような考えの人が他にもいたのか、音楽室には既に先客が何人かいた。

その人たちは揃《そろ》って、いきなり上から降ってきた私に目を見開いていた。

この事件は『令嬢クラリス、鳥になる』と呼ばれ、後々まで学園で語り継がれることになってしまった。

さらに事件はそれだけじゃない。

次はクラスでのＨ Ｒ《ホームルーム》の時間だった。

「――このクラスの学級委員長を決めたいと思いますが、立候補者はいますか？」

「はい、僕がやります」

とフェリクスが手を挙げると、周囲から「おお～」と声が上がった。

責任感の強いフェリクスだ。彼が学級委員長になることに、誰も異を唱えなかった。

死に戻り前でもフェリクスはこういった役職に、率先して名乗り出ていた。だから私もそれについてはなにも思わず、ぼーっとことの成り行きを見守っていると、

「あ、フェリクス様が学級委員長をやるなら、わたし――ロレッタちゃんが副学級委員長をやりっまーす！」

――とロレッタが起立して、前のめりになって手を挙げていた。

「ロレッタさんですか。王家の恩寵《おんちょう》を受けた、光魔法の使い手でしたね。反対意見のある生徒はいますか？」

先生が周囲に視線を配ると、ほとんどの男子が顔をだらしなく緩めていた。

「い、いいんじゃないですか」

「ここで反対するのも、彼女が可哀想《かわいそう》ですし……」

「そうです。平民だろうと、この学園内では他の者と平等。彼女が萎縮する必要はどこにもないのですから」

ほんと……男子ったら、相変わらずロレッタにデレデレね。

なんとなく、これで決まりだという空気が流れていたが……。

「私は反対です」

一人の女生徒が立ち上がって、これに待ったをかけた。

先日、ロレッタに苦言を呈していた令嬢の一人だった。

「彼女は平民です。それに……副学級委員長をするには、性格が少し明るすぎる。そうですね……クラリス様はいかがですか？」

「わ、私？」

突然の指名に、私は目を丸くする。

「クラリス様は生徒の模範となる、素晴らしいご令嬢ですわ。それにフェリクス様の婚約者でもあられる。彼女こそ、フェリクス様を補佐する副学級委員長にふさわしいです」

褒められるのは嬉《うれ》しいけど——や、やめてー！

あまり目立ちたくないのよ！

それに。

「……ちっ」

さっきから、ロレッタが忌々しげな目で私を見ていた。しかも彼女が小さく舌打ちする音も聞こえたし。

ここで私は高速で頭を働かせる。

ロレッタが副学級委員長になるのは、少し不安だ。フェリクスに変なことを吹き込むかもしれないもの。

だけどそれ以上に、ロレッタと敵対するのを避けたい。『物語の強制力』が働いて、前と同じようなことが起こるかもしれないし。

だから。

「いえいえ！　私は副学級委員長にふさわしくないです！　ロレッタさんに副学級委員長をやってもらいましょう！」

と慌てて辞退する。

それによって、主に女子生徒が残念がっていた。しかしこうなってしまえば、ロレッタが副学級委員長になることに、ますます問題がなくなる。

「では、ロレッタさんに副学級委員長をしてもらうことにしましょう」

「やったー！　ありがとうございます！」

きゃぴきゃぴっとした声を出すロレッタ。

若干イラっとしたけど、断罪の未来を避けるためなら些細《ささい》なことである。

危機の予感を回避することにより、私はほっと安堵《あんど》の息を吐いた。

「ふう……学園に入って、まだ間もないっていうのに……事件が立て続けに起こるわね」

既に体は疲労を訴えている。

今のところはまだ小さな事件ばかりである。

だが、これがこの先も続くのかと考えると、肩がどっと重くなった。

「とはいえ、今のところは順調ね。ロレッタと敵対するような行為は避けてる――つもりだし、これなら無難に学園生活を送れそうだわ」

そうよ、これくらいならなんだっていうのだ。

今は疲れてるけど、この生活にも直《じき》に適応していくだろう。なにせ私は、死に戻り前の地下牢《ろう》での経験があるのだ。あの経験に比べれば、今はまさに天国。あまり気を病む必要もないだろう。


――だから油断してしまった。


突如、周囲の雑音が消滅した――ように感じた。

「え？」

と声を上げ、私は後ろを振り返る。

放課後。

帰宅のために昇降口に向かって、私は廊下を歩いているところであった。あとは階段を降りれば、もうすぐだ。

そういう生徒は他にも多かったので、周囲は賑《にぎ》やかだった。

しかし——今はなんということだろう。

いつの間にか、私の周囲には人影すらも見当たらなくなっていた。

「え？　みんな、どこに行ったの？」

明らかな異常事態。

考えごとをしながら歩いているうちに、気付いたら周りに人がいなくなっていただけなのかもしれない。

だけど春先だというのに、この肌がピリつくような冷気。

なにかがおかしかった。

すぐにこの場を離れなければ——危機感を覚えて、走り出そうとすると、

「クラリスさーん」

後ろから声が聞こえた。

ギクッとして、そちらに顔を向けると——案の定、ロレッタの姿があった。

「ロ、ロレッタさん……」

私は彼女の顔を見て、それ以上言葉が出てこない。

周りに人気《ひとけ》はない。

そして視界の隅には階段。

旧校舎とは違ったけど、このシチュエーションはあまりにも死に戻り前と酷似していた。

「よかった！　教室にいなかったから、もう帰っちゃったかもしれないと思いましたよ。わたし、クラリスさんにどうしても聞きたいことがあって！」

「………………」

どうして⁉

あんなに気を付けていたのに？

こんな通り魔みたいなことが起こるなら、どれだけ注意してても避けられないじゃないの⁉

抗《あらが》えない『物語の強制力』に、私は恐怖を感じていた。

私が言葉を紡げないでいると、ロレッタはそれを意にも介さず、こう口を動かした。

「クラリスさん、なんかわたしに冷たくないですか？」

「……はい？」

つい聞き返してしまう。

「どうして、そんなことを思うのかしら？」

「だって……わたしはクラリスさんともっと仲良くなりたいのに、なんだか距離を感じます。わたしが話しかけようとしても、さっとどこかに行っちゃいますし」

関わり合いになりたくないからね！

ロレッタと無駄に接点を持ちたくないゆえの行動が、どうやら彼女の癇《かん》に障ったらしい。

「いえいえ、そんなことないわ。ロレッタさんの気のせいよ」

ニコッと笑みを浮かべる。

それじゃあ、さようなら——といなくなりたいところだが、ロレッタはそれでは納得していないようで、

「嘘です！　今もそうです。早くわたしの前からいなくなりたいと思ってますね？」

と瞳にうっすらと涙を浮かべた。

勘が鋭い女である。

「そんなことないってば。ロレッタさんの勘違い。でも……私、今日は早く帰らないといけないの。だからまた明日に——」

「待ってください！」

踵《きびす》を返した私の腕を、ロレッタが強引に摑《つか》む。

「クラリスさんが忙しいのは分かります。でも言いたいことはこれだけじゃありません」

「他にもあるの？」

「はい。もしかして——フェリクス様とわたしの関係について、なにか疑ってると思って」

……なにを言ってんだ、こいつは。

ロレッタの言動に疑問しか感じずにいると、彼女は勝手にすらすらと話を続ける。

「わたし、フェリクス様からの視線を感じるんです。ほら……わたしって、可愛《かわい》いじゃないです

か。わたしは嫌なんですけど、男性から嫌らしい目で見られることが多いんです。だから……フェリクス様も、その人たちと同じなのかなって」

そんなわけがない。

婚約者贔屓《ひいき》というのもあるかもしれないが……フェリクスは清廉潔白な男で、なんなら女性が苦手なくらいだ。

死に戻り前は、フェリクスは最終的にロレッタの手を取ったが――それもきっと彼女の内面を好きになったせいだろう。

私とフェリクスは何年間の付き合いがあると思うのよ？

死に戻り前も合計すると、十年以上は彼の傍《そば》にいるんだから！

普段ならこんな対抗心は感じないけど、ロレッタのバカげた言動に、つい頭に血が昇ってしまう。

「…………」

今すぐ彼女の手を払《はら》い除《の》けたい。

だが、それをしてしまっては死に戻り前と同じである。

「……そんなことないわ。別にあなたとフェリクスの関係を疑ったりもしていない。それにフェリクスは誠実な男。私は彼のことを信じているんだから」

そっとロレッタの手を解いて、両手で温かく包み込むように握る。

「だからお気遣い、ありがとね。あ、それから、私はあなたのことが嫌いじゃないわよ。だからそんな顔をしないで」

「……ほんとですか？」

「ええ」

私の返答に、ロレッタは少し不満げである。

なんでそんな顔をするんだろうか？

「だから今日のところは、さようなら。また明日、じっくりとお話ししましょう」

今度こそ、私はロレッタから離れようとした。

だが。

「は、話は終わって――」

とロレッタが一歩踏み出した瞬間だった。

ロレッタが躓《つまず》いて、その軽そうな体が倒れていった。

その光景が、私にはやけにゆっくりに見えた。

ロレッタが倒れた先には――階段。

このままでは彼女が階段下に落ちてしまう。

「――っ！」

さすがにこの場面を見られたとしても、私が彼女を階段下に突き飛ばしたことにはならないはずだ。

彼女が嘘を吐いても、周りの人間は私の言葉を信じてくれるだろう。それだけの評価は積み上げてきたつもりだ。

しかし――この時の私は考えるより先に、体が動いてしまった。

「ロレッタ！」

咄嗟《とっさ》に私は両手を伸ばす。

引き戻せない――そう判断した私は、彼女を両腕で抱える。

しかし重力に逆らえずに、ロレッタと一緒に階段下に落下していく。

この時、彼女を守らなくちゃ……何故《なぜ》かそう思った私は、自分の体を下にして、彼女への衝撃をなるべく和らげるように努めた。

そして階段に体の至るところをぶつけ、痛みで訳が分からないうちに、転げ落ち終わったことだけは分かった。

「きゃ――――――っ！」

死に戻り前に聞いたのと同じような悲鳴――。

それを最後に、私の意識は黒色に覆われた。


――っ。

――リス。

「クラリス」

声が聞こえ、私の意識は急速に戻った。

「フェ、フェリクス？　それにオレリアも……」

フェリクスとオレリアが心配そうな表情で、私を見ている。

「ここは……保健室？」

状況を整理しよう。

私は今、ベッドで横になっている。

そんな私を見て、ほっと安堵の息を吐いたのはフェリクスとオレリアだ。

「よかった……」

「クラリス様が階段から落ちたと聞いた時は、すごく驚きましたよ。わたくしもフェリクス様も、ここに飛んできたのですから」

「階段から……」

そう聞かされて、ようやく記憶が鮮明になってくる。

「確か私はロレッタを助けて……ねえフェリクス、オレリア。経緯を説明してくれるかしら？」

「もちろんだよ。君は――」

フェリクスがゆっくりと語り出した。

それを目にしたのは一人の女生徒だったらしい。私とロレッタがなにやら話していると思ったら、ロレッタが躓いた。

危ない――と思った瞬間、階段下に落下するロレッタの体を、私がすかさず抱えた。

そして床に倒れ、動かなくなる私。すぐにその女生徒は助けを呼びに行き――男性の力も借りて、私を保健室まで運び込んだということだった。

「階段から落ちたのに、幸いなことにかすり傷程度――と保健室の先生は言っていたよ」

「気を失っていたのも、軽い脳震盪《のうしんとう》のせいだということでしたわ」

「そうだったのね……」

やっぱり私、ロレッタを助けたみたい。

彼女を助ける義理なんてない。死に戻り前なら、決してそんなことはしなかっただろう。

ましてや今の方が、彼女に対する恨みは強いはずなのに……あの時は体が勝手に動いた。

でもなんにせよ、これによってロレッタの私に対する心象。そして私の評判も悪くならないだろうから、結果オーライかしら？

「クラスメイトを助けるために、咄嗟に行動する。君らしいよ。だけど――」

そう言って、フェリクスは私の両手を包み込むようにして握る。

「あまり僕を心配させないでくれ。この話を聞いた時、僕は心臓が止まったかと思った。大事に至らなくてよかった」

「うん、ごめんね」

フェリクスの優しい声音。

ぐいっと顔を近付けてきているので、彼の顔立ちの良さがあらためてはっきりと分かる。

長いまつ毛に、憂げな双眸《そうぼう》。

肌も傷一つない陶磁器のようで、女性として嫉妬してしまうほどだった。

「そうですわ！　前の音楽室の一件もそうですが……あまり無茶をしないでくださいませ」

オレリアも私を心配してくれている。

二人の姿を見ていると、私は本当に良き友を持ったと思う。二人がいるからこそ、私はこうして楽しく生きていられる。

人は一人では生きられない。

私のことを心配してくれる二人に感謝だ。

「あ、そうそう。ロレッタさんも無事なのかしら？」

「ああ。ロレッタ嬢は君のおかげで無傷だよ。彼女なら今、職員室で先生方に今回の件を話している。保健室の先生も今はそっちに行っているね」

そうだったのね……。

少し心配だけど、まさか「私に階段下に突き飛ばされた」なんて嘘は吐かないだろう。言ったとしても、今回も目撃情報がある。誰も信じないはずだ。

「失礼します」

フェリクスたちと会話をしていると、保健室に一人の女生徒が入ってきた。

どこかで見たことのある顔だったけど、いまいち思い出せない。

「よかった。クラリス様、無事でしたのね」

「ええ、おかげさまでね。あなたは……？」

「彼女は今回の一部始終を目撃していた方ですわよ」

女生徒の代わりに、オレリアがそう説明してくれた。

「あら、そうだったのね。ありがとう。あなたが助けを呼びにいってくれたのよね」

「それはいいんですが……」

彼女は表情を暗くして、もじもじと体を動かす。

「なに？　なにか言いたそうだけど……」

「はい、実は気になることがございまして」

気になること？

私が首を傾《かし》げると、彼女は話を始めた。

「私があそこにいたのは偶然じゃないんです。実は……ロレッタさんに頼まれていたんです」

「ロレッタさんに？　どうして？」

「なんでも、『クラリスさんに酷い目に遭わされるかもしれない』……と。彼女、あなたのことをとても警戒しておられました。だから万が一のために、クラリスさんから見えないところで、自分を見守っててくれ……って」

ロレッタは私に悪感情を抱いている。そんなことは入学式から分かっていたことだ。

だから彼女が私を警戒していると聞かされても、全く驚かないが……わざわざ見守り役を、この目の前の女生徒に頼んだ？

そこで私は思い至る。

——あ、この子。死に戻り前に、私がロレッタを階段下に突き飛ばした光景を目撃した女生徒だ。

思えば、死に戻り前もおかしかった。

旧校舎で人がなかなか通らない廊下。

だからこそ、私はあそこにロレッタを呼び出したというのに……タイミングよく、それを目撃した人間がいた……？

違和感だらけだ。

「ふむ……ロレッタ嬢は、クラリスのことを怖がっているのかな？」

「だったら今回のことで、その感情も消えたのではないでしょうか？　助けてくれた恩人を怖がるなんてこと、しないでしょうから」

フェリクスとオレリアも各々疑問を感じているようだった。

「私……っ！　本当はこんなコソコソ見張るような真似したくなかったんですけど、ロレッタさんにどうしてもって頼まれて……！　だからクラリスさんに一度謝っておきたかったんです」

「いいのよ。結果的に、あなたに助けられた形になったからね」

と私は彼女を慰める。

わざわざ、ロレッタがそんなことを頼んだという事実は、まるであの時なにかを彼女は起こすつもりでいたようで――。

死に戻り前と同じ結末にはならなかったけど、大きな謎が残るのであった。

断章　『死に戻り前の泥棒猫』

わたし――ロレッタはクラリスのことが気に入らなかった。

「入学式でわたしに突っかかってきて……新入生代表でスピーチしたことに、そんなに嫉妬しているんでしょうか？」

だったら不快だ。

わたしは誰かに指図されるのが嫌いなんだから。

いかにして、彼女に仕返ししてやろうかと考えていたら、意外にもその機会は早く訪れた。

「あなた、やっぱり調子に乗ってるわね。貴族の礼儀を教えてあげるから――放課後、旧校舎にあなた一人で来なさい」

クラリスが怒気の表情を浮かばせて言ってきた時、わたしはすぐに閃《ひらめ》いた。

そうだ――これを利用しちゃお。

クラリスはいつも取り巻きの令嬢を引き連れて、皆に良《い》い顔をしている。

わたしが普通に彼女に反論したとしても、すぐにその取り巻き――派閥の連中が彼女を庇《かば》うだろう。

学園に入学する前は、ずっと王宮で魔法の訓練をしていた。

だから入学して間もない今の時期に、わたしの味方は学園内にいない。

しかし――見たところ、クラリスの取り巻き連中は、彼女の魅力に惹《ひ》かれて付いていってるわけじゃない。

彼女の声が一番大きいからだ。

ゆえにクラリスに正義があるように勘違いする。

ならば――まずはその正義とやらを崩してやろう。

クラリスに呼び出されて、わたしはすぐに行動に移った。

まずは彼女の派閥に入っていない女生徒に「見えないところでわたしを見守って」くれるようにとお願いした。

これから行く場所は、人気《ひとけ》の少ない場所だったからだ。

目撃者がいなければ、わたしが今からしようとしていることも意味がない。

準備が済んだわたしは、すぐに旧校舎へと向かった。

「調子に乗らないでって警告したわよね？」

「調子に……？　調子になんて乗ってませんよ。どこを見て、クラリスさんはそう判断したんですかー？」

案の定、クラリスはわたしにいちゃもんを付けてきた。

それはまるで物語の中に出てくる悪役令嬢みたい。自分がこの世界の主人公とでも勘違いしているのかしら？

「調子になんて乗ってません。男性に色目を使っているっていうのも、誤解です～。クラリスさんは可愛《かわい》いわたしに、嫉妬してるだけじゃないんですか？　そんなんだったら、フェリクス様にも嫌われますよ？　彼もわたしみたいな女の子の方が好きなんじゃないですかね」

「うるさい！　フェリクスはそんな男じゃない。そもそもクラリス様でしょ？　馴《な》れ馴《な》れしいのよ――！」

ちょっと挑発してあげると、クラリスはすぐに手を上げてきた。

今だ！

彼女の手がわたしに当たったけど、ほとんどかすったようなものだ。こんなものではビクともしない。

しかしわたしはこの時、

「きゃっ！」

わざと短い悲鳴を上げ、大袈裟《おおげさ》に階段下に自分から落ちた。

わたしのことを見守ってくれている女生徒に分かるように……ね。

予定していたことなので、受け身を取ることは出来た。

それに階段をコロコロとゆっくり転げ落ちていくだけ。

見る人が見れば、とんだ茶番だけど――重要なのは『クラリスがわたしを階段下に突き飛ばしたように見える』ことだったわけ。

「きゃ――――っ！」

女生徒の悲鳴が上がった。

わたしはそこでゆっくりと目を閉じる。

クラリスが慌てて階段を駆け降りる音も聞こえる。

しかしもう遅い。

あなたはわたしを突き飛ばした悪役。

わたしはあなたに虐《いじ》められる悲劇のヒロイン。

それは決まってるんだから――。

第四章

翌日から授業にも参加することが出来た。

ロレッタはあの後、保健室にやってきて今回の件に関する謝罪と感謝を述べてくれた。

心から、そう思ってはなさそうだったけどね。

まだ私になにか文句がありそう。

しかし……さすがに今回の件でなにか感じるところがあったのか、私に突っかかってくることはなくなった。

そう思えば、私の方もかすり傷で済んだんだし、やっぱり良かったのかしら？

としばらく平和な毎日を過ごしていたが、ここ数日——私には考えていることがあった。

「やっぱり味方は必要よね……」

廊下を歩きながら、思考に没頭する。

ぶつぶつと呟《つぶや》く私を、周囲の人たちはジロジロと見てくるが、そんなことが気にならないくらいに集中していた。

私は先日の一件で、フェリクスやオレリアの存在が大きいことを、あらためて強く実感した。

人は一人では生きられない。

それにまたもしもなにかあった時に、守ってくれるのは周囲の人間だ。

いくら派閥を作りたくないと考えていようとも、味方は必要になってくるだろう。

「私に対する周囲の評判も上がって、仲間も増える……そんな良《い》い方法は……」

この度の学園生活にも慣れてきて、正直ちょっと退屈に感じ始めている部分もある。

こういった問題をまとめて解消する方法は……。

「ん？」

その時。

昇降口前のラックに置かれていた、いくつかのビラに私の意識が向いた。

それは部活動の紹介が書かれているものだった。

どこの部活も勧誘に必死みたい。

とはいえ、今まで周囲の風景として特段気にしてこなかったけど——私はその中の一枚に目がいく。

「……！　これよ！」

ビラを一枚、手に取る。

——これなら解決出来るはず！

そう思い、ビラを片手に私は教室へと急いだ。


「『部活に入る？』」

放課後の教室。

フェリクスとオレリアに私の考えを打ち明けると――二人はそう声を揃《そろ》えた。

「前から気になってたんだけどね。学園生活に慣れてきてから――と思ってたけど、そろそろいいかな……って」

と私はついさっき考えた理由を、二人に伝えた。

「うん、いいことだと思うよ。なんの部活に入ろうかっていうのは、ある程度目星が付いているのかい？」

「ええ、これよ！」

満を持して、私は一枚のビラを机に置く。

「献身部？　聞いたことがありませんわ」

オレリアは目を丸くした。

「ここはね、奉仕活動だったり職業体験をすることによって、献身的な精神を学ぶ部活なのよ。そういった経験を通じて、私は誰かの役に立ちたいわ」

すらすらと私は二人に説明する。

もちろん、この理由は嘘《うそ》じゃないけど……私の本当の狙いはまた別にある。

表面上の付き合いだけの、薄っぺらい関係――そんな派閥は作りたくない。

だけど味方は一人でも多く作りたい。

そのことを踏まえて、部活動で仲間を作るというのは比較的、健全。それにこういった献身的な行動を見せれば周囲の私に対する評価も上がると思ったのだ。

奉仕活動に、そのような打算的な考えを持ち出していいのか……とちょっと思わないでもないけど、私も必死なわけ。断罪されないためには、少しでも生き残る可能性がありそうなことには手を付けていきたい。

それに……死に戻り前は、部活動をしなかった。

だけど、みんなが楽しそうに部活をしている姿を眺めて、私はいつもそれを羨ましく思っていた。学期の途中から入部するのは、ちょっと勇気がいるしね。

だからこれを機会に、死に戻り前では出来なかったことに挑戦してみるのも良いと思ったのだ。

「なるほど……ね。僕たち貴族の中には、そういった奉仕活動をないがしろにしている者も多い。そこに目を付けるとは、さすがクラリスだよ」

とフェリクスは感心した様子。

「誰に対しても優しいクラリス様らしい考えですわ！　わたくし、感服いたしました！　クラリス様——わたくしもぜひ、ご一緒させてくださいませ！　わたくしも献身部に入部したいです！」

「え、オレリアも？」

「はい、いけませんか？」

「そんなことはないわよ。もしオレリアも一緒の部活に入ってくれるなら嬉《うれ》しい」

ちょっと予想外な反応だったけど、オレリアが一緒なら心強い。

「クラリスが行くなら、僕も献身部に入ってみようかな」

「はい？　フェリクスはもう乗馬部に入ってるじゃないの。どうしてそんなことを言い出すの？」

ローズベル学園の乗馬部は、数々の大会で好成績を叩《たた》き出《だ》す強豪だ。

死に戻り前もフェリクスは乗馬部に所属していた。大会のトロフィーをよく私に見せてくれたことを覚えている。

「学園規則で部の掛け持ちは許可されているしね。僕もクラリスに負けないくらい、もっと成長したいのさ」

「大袈裟《おおげさ》なことを言うわね」

「大袈裟じゃない。それとも、なにかい？　僕が君と一緒の部に入るのは嫌？」

「そんなことはないわよ。フェリクスが大丈夫なら、今から一度、献身部を見学しに行きましょうよ」

そう言って、献身部の部室に向かおうとすると、

「ふんっ……庶民共は面倒臭いことをするのだな」

後ろでガタッと席を立つ音が聞こえた。

ヘルムートが悪態を吐いて、教室から出ようとしていた。

「殿下はなにか部活動をされないのですか？」

背を向けるヘルムートに、フェリクスが声をかけた。

「俺か？　俺は忙しいのだ。庶民共に混じって、そんなごっこ遊びに興じる時間はない」

忙しい……と言っているが、私は知っている。そんなものは嘘で、こういう活動がただ面倒臭いだけだ。

入学テストで、私に次いで二番目に良い点数を取ったことから分かる通り、ヘルムートはとても優秀な第三王子だ。

しかし彼の兄である、第一王子と第二王子はさらにその上をいく。

第三王子も大した傑物ではあるが、第一王子と第二王子は怪物——国民から、そう言われることも多い。

こういった理由から、ヘルムートが王位を継承する可能性はゼロに近い。

だからヘルムートは兄たちと違って、自由に過ごすことにした。

そんな自由奔放なヘルムートを、死に戻り前の人生でも見てきたから、私が彼を束縛する必要も権利もないんだけど……。

「お待ちください」

私はヘルムートを呼び止めて、持っていたビラを差し出す。

「よかったら、このビラをお持ち帰りください。そして……もし気が向けば一度、部活動を見学してみてはいかがでしょうか？」

「これをか？　まあ気を遣ってくれるのは感謝するが……俺はこんなガキのおままごとに絶っっっっっ対に参加しないからな」

ヘルムートは乱暴な手つきで私からビラを受け取り、そのまま足早に教室から出ていってしまった。

「殿下も来られるなら、楽しくなりそうだけどね。あの調子じゃ、ちょっと難しいかな？」

「そうね」

私……なんであんな行動を取ってしまったんだろう。自分でも驚くばかりである。

しかし死に戻り前のヘルムートを知っているから、彼をどうしても放っておけないのだ。あれはあれで、闇を抱えているからね。

愛される必要はないのだけど、放っておくのも性に合わない。

それに――予感がするのだ。

私のこの行動は、後々に活《い》きてくると。

「まあ……行きましょう。あのビラがなくても、部室の場所なら覚えてるから」

私はそう言って、二人と献身部の部室を目指した。


「ここね」

部室棟の一番端っこ。

そこに献身部の部室はあった。

廊下の電球がチカチカと点滅している。

そのせいで薄暗くて、辺りは一種の廃墟《はいきょ》のような雰囲気を醸し出していた。

「本当にここなのかな……？」

「なんだか怖いですわ……」

フェリクスは訝《いぶか》しむような表情。オレリアは不安そうに体を震わせていた。

「うーん、ビラに書いてあった場所はここだし……それに扉のプレートにはちゃんと『献身部』って書いてあるじゃない」

でも二人が怪しむのも仕方がないほど、貴族の学園とは思えないくらいの寂れた場所だった。

「取りあえず中に入ってみましょう。そうすれば分かると思うから——すみませーん！　献身部の見学に来たのですが！」

しかし人の気配はするものの、しばらく返事がない。

どうしたのかしら……？　と思っていると、

「あ……扉は開いているので、どうぞご自由にー！」

とようやく言葉が返ってきた。

さっきの微妙な間はなんだったのかしら？

少々疑問を抱きつつも、私たちは「失礼します」と告げてから、部室の中に足を踏み入れた。

「ようこそ、献身部へ」

「見学者ね？　この部活に興味を持ってくれて、ありがとう」

男性と女性が一人ずついて、私たちをそう出迎えてくれる。

部室にはその二人しかいない。

男の方は優しそうな顔をしている。顔立ちは決して悪くないのだが……どうしてだろう。明日になったら顔を忘れてしまいそう。存在感が薄いと言い換えてもいいだろうか。

女性の方は黒髪を三つ編みにして、度が強そうな眼鏡をかけている。瞳は赤色に光っていて、今も鋭い視線を私たちに向けていた。

「ここって、献身部の部室で合っていますわよね？」

オレリアが質問すると、眼鏡の女性が頷《うなず》いて。

「うん、間違いないわよ。そうね……まず献身部の説明に入る前に、私たちの自己紹介をしようかしら」

眼鏡を人差し指でくいっと上げて、彼女はこう口を動かす。

「私はモニカ。三年生。父が偶然、王家の人を助けた関係で一代限りの貴族になれたの。そして……こっちの地味な男が同じ三年生で、献身部の部長」

「よろしく」

彼女――モニカさんが言うと、彼はニッコリと笑みを浮かべた。

地味な男と言われたのに、気にしている素振りを見せない。彼の人の良さがひしひしと伝わってきた。

「えーっと、名前をお聞きしてもよろしいですか？」

「部長は部長よ。名前は……えーっと、なんだったかしら？」

「ははは、モニカくん。こんなに一緒にいるのに、僕の名前を忘れたのかい？　まあ、あまり重要なことでもないよ。僕のことは気軽に『部長』と呼んでくれればいいから」

「は、はあ……」

なんと言ったらいいか分からず、そんな曖昧な返事になってしまった。

「三年生……ということは僕たちの先輩ですね。僕はフェリクス・アシャール。今年、ローズベル学園に入学した新入生です。ご指導・ご鞭撻《べんたつ》のほど、よろしくお願いします」

とフェリクスは生真面目に。

「わ、わたくしはオレリア・バシュレですわ！　わたくしのことは、オレリアと呼び捨てにしてください」

オレリアはちょっと緊張している感じで名乗った。

「うん、よろしくね。それにしても……フェリクス・アシャール――確か黄金の貴公子と呼ばれている公爵子息だったかしら」

「まさか黄金の貴公子様が、献身部の見学に来てくれるとは。ほら、モニカくん。言っただろう？今年はなにかが起こるって」

「部長の言ったことが当たるなんて珍しいわね」

モニカさんと部長がそう言葉を交わす。

話が見えないが、私たちが来る前に二人の間でなにかやり取りがあったのだろうか？

「それで……そちらのキレイな女性は……」

「はい、私はクラリス・ギヴァルシュといいます。フェリクスは私の婚約者。そしてオレリアは私の親友です。よろしくお願いいたします」

「クラリス――それも名前は聞いたことがあるわ。黄金の貴公子の婚約者。そして今年の入学テストにて、ヘルムート殿下を抑えて一位を取ったのだとか。そんな有名人たちがここに集まってくるなんて……明日は雪でも降りそうね」

表情を一切変えずに、淡々と口にするモニカさん。

「では、次に部活動の説明に移ろうかしら。あなたたちはこの部活について、どこまで知ってる？」

「正直……ビラに書いてあったことくらいしか。奉仕活動などを通じて、献身的な精神を学ぶんですよね？」

「そうよ。具体的には……」

事務的な口調で、モニカさんが私の問いに答えてくれる。

彼女の説明には、地域のゴミ拾い。蚤《のみ》の市《いち》の開催。教会に赴き、炊き出しのお手伝い……といった、とても貴族らしからぬ活動内容がてんこ盛りだった。

「それで……どうかな？　すぐには決断しなくてもいいよ。帰ってからでも、ゆっくり考えて――」

「入ります」

「え？」

私の心は最初から決まっている。

聞き返してきた部長に、私はもう一度こう告げたのだ。

「入部します。想像していた通り、ここは素晴らしい部ですね。入部届をいただけますか？」

「……ほんと？」

と部長は目を丸くする。

モニカさんは平然としているように見えるけど、自分の三つ編みを、素早く指でグルグルと回していた。

どうやら彼女は彼女なりに、驚いているみたい。

「はい。そもそも最初から入るつもりでした。それとも……私が入部しちゃいけませんか？」

「い、いやいや！　そんなことはないよ！　本当にありがとう。クラリスくんだけでも、献身部に入部してくれるなんて夢のようだよ。よかった……これで廃部は免れる」

「廃部？」

「いや、すまない。こっちの話だ。あまり気にしないでくれ」

部長の言葉に、私は首を傾《かし》げた。

「それに——私だけでも……？　フェリクスとオレリアは入らないの？」

「クラリスが入部するなら、僕も入るよ」

「わたくしもですわ！」

「い、い、一気に三人も⁉　本当にいいのかい？　うち、大した活動してないよ？　大会とかもないから、実績を積めないし。卒業後の進路選択には、そういった活動も重要になってくるけど……」

「卒業後の進路は、自分で切り開きます。それに……」

私は部室を眺めながら、こう口を動かした。

「あまり自分たちのことを卑下しないでください。ここは立派な活動をしています。もっと胸を張ってください。こういった献身的な活動は、見る人は見てくれていると思います」

「――っ！」

私の言葉になにかを感じ取ったのか、じーんと胸打たれた様子の部長。

「モニカくん……どうしよう。こんなことを言われたのは初めてだよ。嬉しくて泣きそうだ」

「もっと部長らしくしなさいよ。側《はた》から見たら、あなたの方が年下に見えるわ」

とモニカさんは呆《あき》れた様子で言ってから、一度「コホン」と咳払《せきばら》いをする。

「献身部への入部、ありがとう。クラリス――おっと、申し訳ございません。爵位でいうと、私の方が下です。失礼な言葉遣いをしてしまい――」

「いえ、それは問題ございません」

頭を下げようとするモニカさんを、私は手で制する。

「爵位が下だとしても、モニカさんは私たちの先輩です。先ほどと同じように喋《しゃべ》っていただいて構いません」

「ですが……」

「モニカさんたちが、礼義を気にされる方だということも分かりましたしね。世の中にはいきなり馴《な》れ馴《な》れしく接してくる方もいますから」

私はそう言って肩をすくめる。

「……分かりまし――いや、分かった。あなたの器の大きさに感謝するわ。これから、よろしくね。クラリス」

「はい、よろしくお願いします」

こうして、私たちは無事に献身部に入部することになったのだ。


翌日の放課後。

「クラリス様」

荷物をまとめていると、いつもの三人組の女生徒が声をかけてきた。

また派閥の話をされるのだろうか。

そう身構えていたが、

「クラリス様が部活に入部されたという噂《うわさ》を聞いたのですが、それは本当ですか？」

と訊《たず》ねられた。

昨日のことだというのに、もうそんな話が出回っているのね。女性間の情報の流通というのは、ビックリするほど早い。

「ええ、入ったわ。献身部っていう部よ。知らない？」

「「「献身部？」」」

三人がそう声を揃えた。

「そうよ。奉仕活動などを通して、献身的な精神を学ぶ部活なのよ。そこで精神を鍛えようと思って」

いつ聞かれてもいいように考えていた台詞《せりふ》なので、すらすらと答えることが出来た。

すると三人の女子生徒は感服した様子で。

「まあ、素晴らしい！」

「クラリス様は人間が出来ていらっしゃいますわね！」

「まさしく令嬢の中の令嬢。わたくし、一生付いていきますわ！」

……うん。

こういうのが狙いで献身部に入ったんだけど、ここまで計算通りだと怖くなってくるわね。

「じゃ、じゃあ、私はもう行くわ。献身部の部室に行かないといけないからね。また明日」

「はい！　明日もお喋《しゃべ》りしてくださいい！」

「もちろんよ。だってクラスメイトじゃない」

そう言うと、その三人はさらに興奮した面持ちできゃーきゃーと黄色い声を上げた。

その後、オレリアと一緒に献身部がある部室棟まで向かう。

「クラリス様！　大人気でしたわね。みなさん、クラリス様と喋ることが、なによりも嬉しいのですわ」

「喋るだけなのに？」

「そうですわ！　だってクラリス様は、神にも等しい存在なのですから！」

握った拳を上下に振って、オレリアがそう言う。

神……って大袈裟ね。

なんにせよ、悪いことじゃない。このままいったら、私の味方になってくれる人も増えていくだろう。

だけど――気になるのはロレッタ。

彼女は昨日と同じく、授業が終わったらすぐに教室からいなくなってしまった。

「ねえ、オレリア。ロレッタさんが、放課後どこに行っているか知らない？」

「ロレッタ様ですか？　王宮に帰られているんじゃないですか？　彼女は光魔法の使い手。色々と魔法の訓練に忙しいでしょうから……」

「そうよね……」

オレリアから予想通りの答えが返ってきた。

そういえば、死に戻り前にもロレッタが光魔法を使っているところは、一度も見たことがなかった――と思う。

一体、光魔法とはなんなのだろうか？

そんな疑問が生まれたが、彼女に直接聞きでもしなければ分からない。私は違和感を覚えつつも、それに対する答えを一旦保留にした。


「今日はなにをするのですか？」

献身部の部室に着いて、私は部長にそう問いかけた。

ちなみに……部室には私とオレリア、部長とモニカさんの四人がいる。

フェリクスは乗馬部の活動に行かなくちゃならないようで、本日は欠席である。

せっかく初めての活動なのに来られないことを彼は謝っていたが、これぱっかりは仕方がない。

彼の体は一つしかないのだ。

「うん、今日はこれをしようと思っているんだ」

そう言って、部長がテーブルの上に紙の束を置いた。

「プリント……？」

「先生から頼まれていてね。このプリントをクラスごとに分別するのが、今回の活動だ。どうだい？　地味だろ？」

淡々と口にする部長。

……これって、奉仕活動っていうか。

「ただの雑用ではないんですか？」

私が言いにくかったことを、オレリアがずばっと指摘する。

「その認識で間違いないわ」

部長の代わりに、モニカさんがそう答えた。

「えーっと……どうして、このようなことを？」

「元々は教師が忙しくて困っていたところを、僕が声をかけて仕事を手伝うことになったんだ。その時一回こっきりのつもりだったんだけど、いつの間にか定期的に頼まれて……」

「部長はお人好《ひとよ》しすぎるのよ。きっぱりと断ったらいいのに、なんだかんだで引き受けるんだから」

「はは、モニカくんは相変わらず手厳しいね。でもこういうのも、献身部らしいだろう？　それに、他にこれといった活動もないからね。こういったところで教師のポイントを稼いでおかなくちゃ」

部長は少しも嫌そうな顔をせず、そう口にした。

うーん……想像とはちょっと違った活動だけど、部長の人の好さがすごくよく分かるエピソードである。

「そうだったんですね。では、早速やりましょう」

うだうだ言ってても仕方がない。

私はプリントに手を付け、早速仕分け作業を始めた——。

そして一時間が経過したくらいだろうか。

「いつも仕事を手伝ってもらって、悪いね。プリントの仕分けは終わった――っ⁉」

男の先生が部室にやってきた。

彼は部室に入ってくるなり、目を丸くして見る見るうちに顔に動揺の色を浮かべた。

「えーっと、君は一年生のギヴァルシュ伯爵令嬢だよね？　今年の入学テストで一番を取った」

「はい」

「どうして君がここに？」

この先生は私が献身部に入部したことを知らないのだろう。

声に焦燥感を滲《にじ》ませて、そう質問してきた。

「どうして……って。私も献身部の部員ですので」

「な、なにい⁉　君みたいな優秀な生徒が献身部に？　ここは雑用――違った。奉仕活動をする部なんだけど？」

「存じ上げています」

私は自分の胸に手を当て、こう続ける。

「献身部の『献身的な精神を学ぶ』というところに共感を覚えまして、入部しましたの。ちなみにフェリクスも一緒ですよ」

「な、なにい⁉　あの黄金の貴公子も？　今年の献身部にはなにが起こっているんだ……」

相当驚いたのか、先生はわなわなと震え出す。

「お言葉ですが、先生の言葉からは献身部を下に見ているような雰囲気が感じ取れますわ。酷《ひど》いです」

オレリアがぷくーっと頬を膨らませて、先生に言い放つ。

「そ、そういうわけじゃないんだ。ただ……ここは廃部寸前だったし、君みたいな優秀な生徒が献身部に入ったことにビックリして……」

「はあ」

気の抜けた返事をしてしまう。

クラスメイトの女生徒たちもそうであったが、ここまで驚くことなんだろうか？　反応は予想出来ていたけど、想像していたより大きかったというか……。

「そんなことより先生——はい。プリントの仕分け作業が終わりました。どうかお持ち帰りください」

「あ、ありがとう！」

部長がプリントの束を渡すと、先生はそれを受け取って逃げるように部室から立ち去ってしまった。

「騒がしい人だったわね」

「本当ですわ」

私が言うと、オレリアはそう頷いた。

◆　◆

「本当にギヴァルシュ伯爵令嬢は素晴らしいですね」

「全くです」

職員室。

そこでは先ほど、献身部に雑用を頼んだ教師が、同僚と会話を交わしていた。

「入学前のテストでは首席。しかも周囲からの評価も高い。その上に、献身部に入って精神を鍛えようとするとは——まさしく、生徒の模範となるのにふさわしい人物です」

「ですな。それに比べ……ロレッタ嬢については、悩ましいところですね」

「はい。平民でありながら、王家の恩寵《おんちょう》を受けたという特殊な立場。正直、扱いに困ります。それに——」

と彼は同僚に顔を近付けて、声を潜めた。

「……やはり、あの噂は本当なのですか？　彼女の魔法の訓練が、あまり上手《うま》くいっていないと——」

「しーっ！　それは一部しか知らない情報だ。こんなところで口にするんじゃない」

彼は考える。

どうしてロレッタがローズベルト学園に入学してきたのか？

学園に入ってくるよりも、宮廷魔導士がいる王宮の中だけで訓練に時間を費やした方がいい。そう考えるのが自然だ。

ならば、一つの仮説が当然出てくる。

彼女は光魔法を使いこなすのに、苦労しているのでは？

王家は彼女を学園に通わせることによって、なにか変化を期待しているのでは――。

「おっと、あまり邪推はいけませんね。こちらの身に危険が及ぶ」

「そうです。私ら凡人は、あまり踏み込まない方がいい。王家がなにかよからぬことを考えていたとしても……だ」

「私たちはただ、目の前の仕事をこなしておけばいい」

王家にきな臭さを感じながらも――それ以降、教師二人の話からはロレッタの名前は出てこなかった。

◆　◆

それからは目まぐるしい日々だった。

死に戻り前はあまりそうは感じなかったけど、やはり目的意識があったら時間は早く過ぎていくものである。

真面目に授業を受けて……放課後には献身部へ。

ロレッタはここ最近、おとなしい。いや、おとなしいって言っても初日に比べて……というわけで、相変わらず男子生徒の前でぶりっ子ぶって良い気になっていたが、それは前回で見慣れていたので今更平常心を崩したりしない。

そして今日のお昼休み後は――『体育』の授業で、私たちは模擬剣を握って剣術を習っていた。

「えいっ！」

カキンッ！

オレリアが振るってきた模擬剣を、私は真正面から受け止める。

「オレリア！　隙が多すぎよ。これなら……」

私は彼女の後ろに回り込み、模擬剣を振り下ろした。しかし当たる直前で振る速度を弱め、ちょこんと彼女の頭に当てた。

「うぅ～、さすがクラリス様ですわ。勉強だけではなく、運動も出来るのですわね！」

「体を動かすのは好きな方だからね。でも……」

私は校庭の中央に視線を移す。

「あの二人に比べたらまだまだよ」

周りを見ると、他のクラスメイトも手を止めて、その二人――フェリクスとヘルムートの戦いを観戦していた。

「はあああああ！」

地面を蹴り、フェリクスはヘルムートとの距離を一気に詰める。

そして胸元に入り込んだ瞬間、目にも止まらぬ速度で模擬剣を突き出した。

だが。

「ふんっ」

それをいとも容易《たやす》く払《はら》い除《の》けるヘルムート。

彼はそのまま模擬剣を乱暴に振るった。

しかしフェリクスも負けていない。彼の攻撃をギリギリのところで躱《かわ》していく。

「フェ、フェリクス様とヘルムート殿下、すごいですわ！　まるで本物の騎士のようです！」

「そうね」

興奮した面持ちで話すオレリアに、私はそう相槌《あいづち》を打つ。

……うん。これはレベルが違うわ。

私のおままごとみたいな剣技では、張り合う気にすらならない。

当初二人の実力は互角のように見えたが、徐々に差が開き始めた。

速度で勝るフェリクスではあったが、ヘルムートの剛力の前に後手に回り始めたのだ。

やがて。

「ああっ！」

ヘルムートが横薙《な》ぎに払った模擬剣は、フェリクスを捉えた。

フェリクスの手から模擬剣が離れる。彼はすぐに体勢を整えようとするが、それより早く、ヘルムートが彼の喉元に模擬剣を突きつけた。

「まだやるか？」

「……いえ、僕の負けです」

その瞬間、校庭が歓声で包まれる。

「殿下はさすがですね。完敗です」

「完敗……だと？　なにを言う。今回、俺が勝ったのは体格差のおかげだ。それに……俺だけいつも使っている愛用の模擬剣だったからな」

そう言って、ヘルムートは自分の肩を模擬剣で叩《たた》く。

ヘルムートは教室のロッカーに、その模擬剣を保管している。王宮で同じように剣術の稽古があった時に使っているものらしい。

「条件が同じなら、勝負はどちらに転ぶか分からなかった」

「それも含めての勝負ですから」

「うむ……まあそうかもしれないな。なんにせよ、楽しい戦いが出来た。また機会があればやろう」

「ですね。今度は負けませんから」

「その意気だ！　だが、俺は誰にも負けぬがな！」

そんなやり取りがあって、フェリクスとヘルムートが握手を交わす。

男の友情って感じで、すごく良い光景だわあ。見てるだけで寿命が延びた気分。

お互いの健闘を讃《たた》え終わった後、ヘルムートとフェリクスが私たちの方に歩み寄ってきた。

「……ふんっ」

だが、ヘルムートは私の顔を見るなり、鼻で息をしてそのまま通り過ぎてしまった。

一体なんなのよ。

「クラリス」

「フェリクス、お疲れさま。カッコよかったわ」

と私はフェリクスを労《ねぎら》う。

「ははは、負けちゃったよ。僕もまだまだだね」

「なにを言うの。あなたも十分強かったわよ」

「そうですわ！　わたくしでしたら、殿下の前に立っただけで『降参！』って両手を上げてしまいそうです！」

「ありがとう。励ましてくれて」

フェリクスはいつもの爽やかスマイルを浮かべる。

汗が太陽の光に反射して、キラキラ輝いていた。

うーん、この男。やっぱり私の婚約者にはもったいないくらいの完璧な男よね。

あらためてそれを強く実感していると、

「きゃーっ」

間延びした悲鳴が校庭に響いた。

そちらに視線を移すと、ロレッタが地面に膝を突いていた。どうやら転んだらしい。

「大丈夫ですか、ロレッタ嬢。さあさあ、どうぞお手を」

「いえいえ、ここは僕の手を。すぐに保健室まで行きましょう。傷跡が残ったら大変です」

すかさず、二人の男子生徒がロレッタに駆け寄って、彼女の身を案じていた。

彼らはお互いの顔を見合って、牽制《けんせい》し合っている。両者の間で火花が散る幻影が見えた。

「ありがとー！　でも保健室は大丈夫ですよ。これくらい、へっちゃらですから！」

元気に振る舞うロレッタ。

そんな健気《けなげ》なロレッタに、彼らは表情を緩ませる。

「……相変わらず、あざとい女ね」

「なにか言ったかい？」

「言ってないわ」

私がそう返事をすると、フェリクスは首を傾げた。


放課後。

私たちはいつものように、献身部の部室へ向かおうとした。

「今日は僕も行けそうだよ」

そう口を動かすフェリクスの表情は、どこか嬉しそうに見えた。

「乗馬部と掛け持ちで大変ねえ。倒れないように体調管理をしなきゃダメよ？」

「これくらい、大したことないよ。公爵家での教育は、これ以上の密度だったしね。それに君と一緒にいられるなら、それだけで疲れが吹っ飛ぶ」

「あ、あら、そうなのね」

さらっと甘い言葉を風に乗せてくるので、不意打ちを食らった私はそっけない態度を取ってしまう。

「クラリス様、フェリクス様、早く行きましょう」

「そうね」

オレリアも一緒に、教室を後にしようとすると……。


「フェリクス様～」


どこから出してるんだと思ってしまうくらいの猫撫《ねこな》で声《ごえ》で、フェリクスに近寄ってくる女がいた。

それは。

「ロレッタ嬢か……なにか用かい？」

ロレッタだった。

彼女はフェリクスの問いかけに、こう答える。

「はい。これからクラスの学級委員長と副学級委員長を集めて、学年で会議があるらしいんです」

「会議？　そんなこと、聞いてないけど……」

「担任がわたしたちに伝えるのを忘れてたみたいです。会議の始まりはもうすぐですよ？　急ぎましょう」

「そう……だね」

困り顔のフェリクス。

そして彼は申し訳なさそうに私を見て。

「クラリス。悪いが、先に部室に行っててくれるかな」

「それはいいけど……大丈夫？」

「会議のことかい？　まあ初回だし、話し合うこともそこまで重要なものでもないさ。他のクラスの学級委員長たちと顔合わせするだけだろう」

フェリクスがそう答える。

私が聞いているのはそんなことじゃない。ロレッタのことである。

委員会議とは言っているけど、違和感しか残らない。

「フェリクス様！」

「あっ、そうだね。急がないとダメなんだよね。じゃあクラリス、あとで必ず献身部の部室に寄るから」

「ちょっと待って――」

手を伸ばすが、フェリクスはロレッタに腕を引っ張られて教室から出ていってしまった。

去り際に私の方を見て、ロレッタはニヤリと笑う。

それを見て、私は全身に悪寒が走った。

◆ ◆

最近、わたし——ロレッタの中で響いてる声がある。

『フェリクスを奪えフェリクスを奪えフェリクスを奪え』

フェリクス様は素敵な男だ。そんな男が気に入らない女——クラリスの婚約者なのは、気に入らなかった。

しかし先日の一件——わたしはクラリスに助けられた。

本当はクラリスがわたしを階段下に突き飛ばした——ように見せかけようとしたが、不覚にも躓《つまず》いてしまったのだ。

そのことに、さすがになにも思わないわけでもなかったが、反省の念に覆《おお》い被《かぶ》さるように強烈な思念が雪崩《なだ》れ込《こ》んでくる。

前は上手くいかなかったけど——次こそは上手くいくはず。

いつしかわたしからは、クラリスへの僅かな感謝の気持ちすらも消え失《きう》せ、いかにして彼女を貶《おとし》めようかということだけを考えていた。

それは抗《あらが》うことの出来ない、大きな波のようだった。

同時にフェリクス様への愛情が膨らみ、どうしてもクラリスから彼を奪いたい衝動に駆られてしまうのだ。

半ば強迫観念に囚《とら》われたわたしは、どうしてもそうしないといけない気がして——フェリクス様と二人きりになれる時間を作った。

「ロレッタ嬢？　委員会議がどこで行われるか聞いていなかったけど……僕たちはどこに向かっているのかな？」

わたしたちが中庭に差し掛かった頃、彼が不審げな表情を浮かべてそう問いかけてきた。

人気《ひとけ》もないし、ここだったら丁度よさそうね。

わたしは足を止めて、フェリクス様を見つめる。

「ごめんなさい……実は委員会議があるっていうのは嘘だったんです」

「え？」

フェリクス様がきょとんとする。

「実は……フェリクス様にどうしても言いたいことがあって、こうして二人きりになれる時間が欲しかったんです。嘘を吐いて、ごめんなさい！」

「それはいいとして……僕に話したいことってのは、なんなのかな？　大事なこと？」

やっぱりだ。

フェリクス様は優しい。だから嘘を吐かれたと分かっても、わたしがこう言ったらそれを咎《とが》めるようなことはしない。

わたしは意識的に瞳をウルウルさせる。

下半身は内股で、もじもじと。

胸元が彼に見えるように少し体勢を低くした。

「はい……わたし、フェリクス様のことが好きになっちゃったみたいなんです」

「……好……き……？」

わたしの言葉に、フェリクス様は困惑の表情を見せる。

ここまで計算通り。このまま一気に畳みかけよう。

「フェリクス様には、クラリスさんっていう素敵な婚約者がいることは知っています。だけど、どうしてもこの気持ちは伝えておきたくって……返事はいりません！　ただ、わたしがフェリクス様のことを好きだってこと、覚えておいてください！」

返事はまだいらない。

この告白は、フェリクス様にわたしを意識させることが目的だったからだ。

「……いや、返事はすぐにするよ」

だが、わたしの思惑は外れて、フェリクス様はこう続けた。

「はっきり言う。そんなことを言われるのは迷惑だ。金輪際、君は僕に関わらないで欲しい」

◆　◆

「え……？」

ロレッタ嬢はなにを言われたのか分からないのか、目を白黒させている。

そんな彼女を見ていると、僕は今まで感じたことがない憤りが膨らんでいくのを感じた。

「あまり言いたくないんだ。だけど優しくしすぎて、勘違いさせるのもよくない。だからきっぱりと言わせてもらうね」

と僕は冷静になろうと努めつつ、こう続けた。

「まず……僕には婚約者がいるっていうことは分かっているはずなのに、君はどうしてそんなことを言うのかな？」

「い、いけない恋だってのは分かってました。だけど！　それで割り切れないのが恋の辛《つら》いところで……」

「これが平民同士の恋愛なら、それでもよかったかもしれないね。だけど僕もクラリスも貴族だ」

僕の言ったことが理解出来ないのか、ロレッタ嬢が首を傾げる。

やはり……分かっていなかったか。

「貴族の結婚というのは時に、愛がない場合もある。お互いの家の関係を結びつけるための、政略的な意味もあるんだ。

僕のアシャール公爵家では愛妾《あいしょう》や養子の存在は許されず、あくまで正妻との間に授かった子が公爵の後継者となる。ゆえに責任重大。相手の家柄は無視出来るものではない」

「それじゃあ、なんですか？　平民のわたしとは恋愛出来ないってこと……？」

「……はあ。君は自分のしでかしたことの重大性を、いまいち理解していないようだね」

さすがの僕でも溜《た》め息《いき》が出る。

「もし、この場面を誰かに見られたらどうなる？　僕が不貞行為を働いているんじゃないかという噂が、一気に貴族社会に広がる。そうなったら、アシャールという家名にも傷が付く。そしてなにより――クラリスだ。不貞をされた令嬢として、彼女は一生蔑まれることになる」

幸いなのは辺りに人の姿が見当たらないこと。

しかしそれは僕の視界に入らないだけで、どこかで誰かが盗み見ているのかもしれない。

もしここで曖昧な言葉でお茶を濁していたら、たちまち噂が広がってしまう。

だからこそ、ここでロレッタ嬢に情けをかける必要はない。

「僕の人生は僕だけのものじゃない。僕はアシャール公爵家の家名も背負っているんだ。もちろん……クラリスもクラリスで背負っているものがある。それが貴族というものだ。

ただ僕にとって幸いだったのが、クラリスがとても魅力的な女性だったことだね。ゆえに僕は心の底からクラリスを愛することが出来た。愛がない結婚が多い貴族の中で、僕は本当に幸せものだと思っている」

「………」

なにも反論出来ないのか、ロレッタ嬢は暗い顔をして俯《うつむ》く。

「そして言いたいことはもう一つ……僕は元々、女性が苦手だった。それは昔、色々な女性に言い寄られた経験からきているものだ」

『フェリクス様はカッコいいですわ！』

『フェリクス様以上の男性はいない！』


まだクラリスと婚約する前。

次から次へとそうやって言い寄ってくる女性に、いつしか僕は恐怖を覚えるようになっていた。

そして……今のロレッタ嬢は、そんな彼女たちに酷似していた。

「クラリスだけは違ったんだ。クラリスと最初に会ったお茶会で、彼女が僕になんと言ったと思う？　『触らないで！』……だ。そんなことを言われたのは初めてだった」

そして——彼女は人から裏切られることを極端に怖がっていた。

だからこそ、最初は僕との婚約にあまり乗り気じゃなかったんだ。

今の僕に出来ることは。

「僕はクラリスを裏切るような真似《まね》は出来ない。ロレッタ嬢、僕には金輪際、関わらないで欲しい。もちろん、学級委員としての仕事があるから、全く話さないことはないと思うが……それも二人きりの場を設けるつもりはない。あくまでみんなのいる前で話そう」

僕の言葉に、ロレッタ嬢は黙って耳を傾けている。

しかしやがて「は、ははは」と自嘲気味に笑って。

「お、黄金の貴公子様は真面目なお方なんですねー？　でもわたしにそんな口を利いて、良いと思ってるんですか？」

「どういう意味だい？」

「わたしは平民とはいえ、王家の恩寵を受けている。もしわたしが傷つくようなことがあれば、王家が黙っていない。公爵家とはいえ、王家には勝てないでしょー？　しかもフェリクス様の婚約者は伯爵令嬢だし。わたしがちょっと一言、王家に告げ口すればあなたたちはどうなるんでしょうか？」

「……っ！」

ロレッタ嬢は平民ではあるが、王家の恩寵を受けているという特殊な立ち位置にいる。

もっとも、今回の件で悪いのはロレッタ嬢だ。

事実を伝えれば、王家がアシャール公爵家に処罰を下すことは考えにくい。

しかし……クラリスは？

今回の件で、公爵家を切り捨てるような真似はさすがに王家も出来ないと思うが、伯爵家相手なら有り得る。

ロレッタ嬢は貴重な光魔法の使い手だ。王家としても、彼女の機嫌をなるべく損ねたくない。

ギヴァルシュ伯爵家になにか理由をつけて、処罰を下し、今回の件を手打ちにする……といった可能性がないとは言い切れなかった。

「どうしたんですかー？　どうしてなにも言い返してこないんですかあ？」

ニヤニヤと笑みを浮かべるロレッタ嬢。

せめてもう一人、僕に非がないことを主張してくれる者がいたなら……。

「ならば、王族の俺がそいつの味方に回ったらどうだ？」


不意に——中庭に三人目の声が聞こえた。

僕とロレッタ嬢が揃って、声のした方に顔を向けると——。

「へ、ヘルムート殿下!?」

ヘルムート殿下が後頭部を掻《か》きながら、こちらに歩み寄ってきたのだ。

「ど、どうして殿下がここに……」

唖然《あぜん》とするロレッタ嬢。

ヘルムート殿下はそれを意に介さず、歩みを止めずに近付いてくる。

「教室でお前がフェリクスを連れ出したのが目に入ったからな。だから気になって、一部始終を覗《のぞ》かせてもらった。そいつは剣の良い練習相手となり得る。お前みたいな毒虫にかかって、そいつの剣の腕が鈍ったら惜しいだろう？」

僕に視線をやって、ヘルムート殿下はニヤリと笑った。

やがて彼はロレッタ嬢の前で止まった。

彼の厚い胸板に圧倒されているのか、ロレッタ嬢が一歩後退する。

「お前がフェリクスに告白した時は驚いたぞ。いいか？　俺を含め、貴族というのは結婚の自由がないことも覚悟している。だからこそ贅沢《ぜいたく》な暮らしが出来ているわけだからな。それが嫌なら、貴族をやめてしまえばいい」

「そ、そこまでしなくても……」

「する必要があるんだ。もっとも……それで民の溜飲《りゅういん》が下がるのかと言われると、また別の問題だが」

ヘルムート殿下は一歩ずつ、さらにロレッタ嬢に接近していく。彼女はただ退《さ》がることしか出来ない。

しかしやがて、中庭に植えられていた一本の大樹に背中が当たり、彼女は足を止めてしまった。

「……ふん」

とヘルムート殿下は鼻を鳴らし、まるで小虫を追い詰めるかのごとき視線を彼女に向けた。

「それで……どうする？　お前、王家にこのことを抗議するつもりらしいな。確かに、あの王族はお前の言うことを無視出来ない」

「で、でしょう？　だったら……」

「だが、ここで俺がフェリクスの味方に回ったらどうなる？　今日ここで見た光景を洗いざらい、あいつらにぶちまけよう。いざとなれば、俺が王族をやめてしまうという切り札を使ってもいい。あいつらはそれをなんとしてでも避けようとするだろう。第三王子が王族をやめることになったら、民の間に動揺が広がるからな」

「……くっ」

ロレッタ嬢は自分の不利を悟ったのか、次に言うべき言葉を迷っているようだった。

「果たして、第三王子と公爵家、そして伯爵家を敵に回す危険性を承知で、あいつらがお前の味方に付くだろうか？　しかも元はといえば、完全にお前に非がある」

「お、脅しですね。王子といえども、こんなことで王家と敵対したくないはず」

「なにを言っている。元々俺はあいつらが大嫌いだ。これを機会に、あいつらと全面戦争をしてみるのも面白い」

僕から見て、ヘルムート殿下は本気で言っているように思う。決してブラフではない。

それをロレッタ嬢も感じ取ったのだろう。がっくりと肩を落とした。

「……く、くそっ！」

そしてその可愛《かわい》らしい口から出たとは思えない声をロレッタ嬢は発して、身を屈《かが》めて殿下に体当たりした……ように見えた。

しかしそうではなく、彼女は殿下の横を通り過ぎて、そのままこの場から逃げ去ってしまった。

「……追いかけるか？」

「いえ、もう良いでしょう。あれだけ言い聞かせれば彼女だって反省するはずですから」

「俺にはそう思えんがな」

「それでも……です。なんにせよ、僕はもう彼女の言葉をまともに聞くつもりはない」

「お前がいいなら、別に俺がお節介を焼く必要はないがな。はっはっは！」

とヘルムート殿下は快活に笑う。

「殿下、お力を貸していただき、ありがとうございました。殿下がいなければ、どうなっていたか分かりません」

「お前なら俺がいなくても、対処出来ていただろうが。王家の存在をちらつかされても、彼女を説き伏せる術はいくらかあっただろう？」

「どうでしょうね。仮にあったとしても、あまり使いたくないものだったかもしれません」

「まあそういったところか。それにしても……だ」

僕の顔をジロジロと眺めて、殿下はこう口にする。

「意外とものごとがはっきり言えるんだな。優しさと甘さを履き違えている男だと思っていたぞ」

「……僕だって公爵家の跡取りです。言うべき時には言わなければならないことは承知していますから」

そう言って肩をすくめる。

それにしても……先日の一件で、ロレッタ嬢はクラリスに助けられたことを覚えていないんだろうか？

僕のことはともかく、クラリスにまで害をなそうとするのは違和感があった。

まあロレッタ嬢があの一件で、なにも感じていなかったと言われればそれまでだが。

「……ふんっ。学園というのはつまらない場所だと思っていた。しかしなかなかどうして、お前やあの小娘といい面白い人間が揃っているではないか。これならしばらく退屈しそうにない」

「小娘というのは――」

と言葉を続けようとした時だった。


「フェリクスー！」


手を振って、こちらに駆け寄ってくる二人の女性。

一人はオレリア。

そしてもう一人は……僕の大切な人、クラリスだった。

「邪魔者が来たか」

彼女たちを見て、殿下は渋い表情になった。

「またあいつに変なことを言われる前に、さっさと俺は退散させてもらおう」

「変なこと？」

「ああ。俺に備品を大切にしろと遠回しに言ったり、部活動に勧誘するだなんて真似はあいつにしか出来ないぞ。鬱陶しいが……まあ、嫌いではない」

そう言って、殿下は僕の肩をポンと叩く。

「これは本人の前では絶っっっっ対に言えないが……クラリスは良い女だ。大切にしろ」

「はい、もちろんです」

頷くと、殿下はクラリスから逃げるようにどこかへ走り去ってしまった。

少し遅れて、クラリスとオレリアが僕の前に到着する。

「どうしたんだい、クラリス。先に献身部の部室に向かってたんじゃ？」

「なんだか嫌な予感がして、あなたを探してたのよ。学級委員の会議はどうなったの……？」

「ああ、それならロレッタ嬢の勘違いだったみたいだ」

「勘違い……？　本当に？」

訝しむような表情を作るクラリス。

クラリスがロレッタ嬢を見る時、一種の敵意のような感情を向けていることには気付いていた。

しかしそれは他の女子生徒も同様だった。同性から見ると、ロレッタ嬢にはなにか感じるところがあるのかもしれない。

「それに……先ほど、殿下がいらっしゃいましたわよね？　なにを話していたんですか？」

今度はオレリアからも質問が飛ぶ。

「ああ、ちょっとした雑談をね。体育の時、僕の模擬戦の相手はヘルムート殿下だったじゃないか？　その時のことを話していた」

別にロレッタ嬢との一連の件を話してもいいと思うが……クラリスを不必要に心配させたくなか

った。

「むむ……なんだか気になるわね」

ジト目で僕を見るクラリス。

そんな仕草も愛おしかった。ここが学園でなかったら、彼女のことを強く抱きしめていただろう。

「そうそう。それ以外にも話はしたよ。君のことだ」

「私？　もしかして殿下、私の悪口を言ってたんじゃない？」

「逆だよ。君のことを褒めていた。良い女だって」

僕が言うと、クラリスは小さく笑って。

「それは完全に嘘でしょお？　殿下がそんなことを言うわけないじゃない」

「さあ、どうだかね」

彼女の追及に、僕は答えをはぐらかすのであった。

第五章

ある日――献身部の部室。

「若草祭？　それはなんですの？」

オレリアがクッキーを片手に、部長に問いを投げかけた。

「毎年この時期に、新入生を歓迎するために行われる祭りのことだよ。部に所属している人たちが中心となって運営されるんだ」

「文化祭とはまた違うんですか？」

「そうだね。文化祭は外部からお客さんも呼ぶし、規模も大きい。しかし若草祭は学園内だけ。きっとこの祭りで、学園の雰囲気がよく分かると思うよ」

「そんなものがあったのですわね……」

オレリアが紅茶を啜《すす》ってから、そう声を漏らす。

「クラリス様とフェリクス様は知っていましたか？」

「ええ。とはいえ、私は名前くらいだけど」

「僕はクラリスやオレリアと一緒に通えるのが嬉《うれ》しくて、入学前に学園について色々調べてたんだ。文化祭に比べて規模は小さいとはいえ、当日の夜にはダンスパーティーが開かれたり、花火も上がったりする。入学前から楽しみにしてたイベントの一つなんだ」

「ううー、わたくしだけ知らなかったのですね……」

と肩を落とすオレリア。

しかしそんな彼女に、

「気にする必要はないわよ。若草祭はさほど有名ではないからね。知っていたクラリスとフェリクスを褒めましょう」

と先輩のモニカさんが眼鏡をくいっと上げて、オレリアを励ます。

——結局。

私たちが献身部に入部してから一週間が経《た》ったけど、他に新入部員が現れる気配はない。

賑《にぎ》やかな方が楽しいから、人数が増えるのは私としては大歓迎なんだけど……私とフェリクス、オレリア。そして元々の部員である部長とモニカさんの五人だけで、しばらくは落ち着きそうだ。

「部に所属している人たちが中心となって、若草祭は運営されると言いましたよね？」

「ええ」

私の問いに、モニカさんが首を縦に振る。

「ということは、私たち献身部も若草祭でなにかをやるんですか？」

「もちろんよ。今年は祭り当日のゴミ拾いをしようと思っているわ」

「ゴミ拾い……」

「当日は他の部の方々の多くが、店を出すからね。それだけゴミが多くなるということ。それを道端にポイ捨てする人もいるのよ」

「貴族としてあるまじき行為ですね」

とフェリクスが言葉を挟む。

「そこで私たち、献身部はそのゴミ拾いってわけ。他の部活みたいに目立つことはないと思うけど……」

申し訳なさそうにモニカさんが言う。

確かに地味な活動だ。華やかな祭りの中では異質だと言っても、過言ではないだろう。

だけど……これこそ私の望んでいたこと！

善行は巡りに巡って、自分に返ってくる。

こういった行動はきっと誰かが見ていて、「なんて素晴らしい子だ！　仮に将来、この子が罪を犯しても断罪はやめておこう！」と私の評価を上げてくれるかもしれない。

だから。

「素晴らしい活動ですね」

私はニッコリと微笑《ほほえ》んで、こう続ける。

「それでこそ献身部。みなさんのお役に立てることが嬉しいわ。当日が楽しみです」

そう言うと、フェリクスとオレリアは感動した様子で。

「おお……！　さすがクラリスだ。そうだね。これは誰にも気付かれない行為かもしれないけれど、ゴミ拾いというのは誰かがやらなければならない。大事な活動だ」

「元から分かっていましたが、クラリス様は素晴らしい人物ですわ！　ますます尊敬いたしました！」

……二人は褒めてくれるけど、当の私はそんな高尚な考えを持っていなくって、ただ自分の断罪を避けたいだけなんだけどね——なーんて、言えるはずもない。

「そこで、五人一緒に行動するのも非効率なので、二つの班に分かれて当日は行動しようと思うんだけど……」

部長が机に両肘を突いて、手を組む。

二つの班……私は考える。

先ほど、私はオレリアに「若草祭の名前くらいは知っていた」と説明した。

当たり前だけど、実際は違う。

死に戻り前では一年生から三年生までの、合計三回を経験したことがあるので、若草祭がどんなお祭りなのかも大体把握しているのだ。

そして一年生時の若草祭で——ロレッタが発端となって、またしても事件が起きる。

彼女がなんと、祭り中にフェリクスに親愛の指輪を渡すのだ。

それは決して高価な指輪じゃない。

だが、婚約者もいる相手に親愛の指輪を渡すなんて、非常識にもほどがある。

フェリクスも人が良《い》いものだから、ロレッタから指輪を受け取ったんだけど……当時の私は彼女に怒り心頭であった。

しばらくはロレッタとは少し距離を取っていたが、さすがにこれには我慢ならなかったのである。

『あなた、なにを考えているの？　私に喧嘩《けんか》を売ってるの？』


と後からロレッタに詰め寄ったことを、今でも鮮明に覚えている。

「クラリス、どうしたんだい？　なにか考えているようだけど」

「クラリス様、たまにそうやって考え込みますわよね。きっと世界の真理について考えているのですわ！」

二人が心配そうに私に声をかける。しかしオレリアよ、世界の真理とはなんだ。私を神かなにかだと思っているのか？

「……今回の若草祭でもなにか行動を起こすかもしれないわね」

みんなに聞こえないように、小さく呟《つぶや》く。

死に戻り前とはここまで、色々と違ってきている。

当然、今回もロレッタが前と同じ行動を取るとは限らない。

だが、もし『物語の強制力』とやらが働いて、ロレッタがフェリクスに親愛の指輪を渡したら、面倒臭いことになる。

フェリクスがロレッタの指輪を受け取ってしまえば、彼の不貞を疑う者も現れるだろう。

ゆえに私は決断する。

「ねえ、フェリクス。当日は私と班を組まない？」

「き、君とかい？」

驚いたように目を見開くフェリクス。

「なによ。私と一緒なのは嫌？」

「い、いやいや！　そんなことはないよ。すっごく嬉しい。でもクラリスが自分からそんなことを言い出してくれることなんて今までなかったから、驚いただけ」

フェリクスの声は弾んでいた。

私は自分から、必要以上にフェリクスと距離を縮めようとはしてこなかった。デートもいつも、フェリクスの方から誘ってくる。

それは死に戻り前、彼とベタベタしすぎてロレッタの嫉妬を買ってしまったことを反省したからだ。

しかし今回は別。

ロレッタが当日、なにか行動を起こすかもしれない。

その危険性を少しでも減らすためにも、フェリクスの近くにはなるべくいたかった。

「で、では、わたくしは部長とモニカ様と一緒に行動したいですわ！　それでいいですわよね？」

「そうだね。それがいいと思う」

「二人のお邪魔をしちゃ、フェリクスに恨まれるしね」

……？

オレリアと部長、モニカさんが私たちを眺めて、ニヤニヤと笑みを浮かべている。一体、なにがそんなに楽しいんだ？

「そうか……クラリスと一緒に若草祭を回れるのか。当日は目一杯、気合いを入れなくっちゃね！」

フェリクスはフェリクスでやる気十分。

そんなにゴミ拾いに使命感を抱いているのだろうか？　彼らしいけどね。

「でも、フェリクスは乗馬部の活動もあるわよね」

「そうなんだ。乗馬部の方でも、祭りでイベントをすることになっている」

「どんなことをしますの？」

とオレリアが質問する。

「乗馬して、校庭をぐるりと一周するらしいよ。一種のパレードみたいなものをイメージしてもらえれば、分かりやすいかな？　そこに僕たち新入生も参加することになった。朝一番でやるから……それが終わったら、あとは自由。クラリスと若草祭を回ることが出来るよ」

「そうなのね。乗馬部の方も頑張って！」

「ああ」

力強く返事をするフェリクス。

「では、もう少し若草祭について打ち合わせをしましょう。当日は……」

部長が淡々と話していった。

――そして、若草祭当日を迎えた。

学園はいつもの厳粛さとは違い、どこか浮ついた空気が漂っている。

部に所属している人は、屋台を出したりイベントを行うなどして、人々の注目を集めていた。

一方、部に入っていない人たちも、それはそれで楽しそうに学園を回っている。

出店やイベントを見るだけでも、十分若草祭を堪能《たんのう》出来るしね。

そして――私とオレリアは現在、校庭に来ていた。

そこで乗馬部のイベントが行われているからだ。

「見てください、クラリス様！　みなさま、勇ましくてカッコいいですわ！」

オレリアが私の肩に手を置き、乗馬している部員たちを見てはしゃいでいた。

校庭は学生でいっぱいだ。

ローズベル学園の乗馬部は強豪で伝統もある。そのため、乗馬部のこのイベントが大人気なのは毎年恒例のことであった。

様々な毛色をした馬に跨《また》がり、乗馬部の部員たちが校庭を一周する。

その間にも騎手は私たち――観衆に手を振ってくれて、それを見る女生徒の口からは悩ましげな息が漏れた。

「そうね。カッコいいわね」

「そういうクラリス様は、あまり興味がなさそうですね？」

私の顔を覗《のぞ》き込《こ》むようにして見て、オレリアが首を傾《かし》げる。

いや、だって……死に戻り前も合わせると、このイベントを見るのはこれで四回目だもん。

最初の頃はオレリアと同じようにはしゃいでいたと思うが、さすがに四回目ともなれば見飽きてくる。

「そんなことないわ、楽しいわよ」

「なんだか棒読みです……それにさっきからキョロキョロして、誰かを探しているんですか？」

うっ、図星をバシバシ指してくるわね。

私は先ほどからロレッタの姿を探していた。

死に戻り前、ロレッタはこの乗馬部のイベントが終わってからフェリクスに話しかけていた。そこで親愛の指輪を渡すのだ。

だからあの泥棒猫が余計なことをしないように、視線を巡らせているんだけど……どこにも彼女の姿は見当たらない。

おかしいわね……あんな目立つ桃色の髪をした女、遠くからでもすぐに見つかると思うんだけど。

「分かりましたわっ！」

「……っ！　オレリア、急に大きな声を出さないでよ！」

「す、すみませんっ」

「……で、なにが分かったの？」

私が問いかけると、オレリアはパッと表情を明るくして。

「フェリクス様が出てくるのを、まだかまだかと待ち侘《まわ》びているのですわね？」

「はあ？」

「クラリス様、いつもはフェリクス様にそっけなくしているように見えるのですが……やはりそれは、わたくしの勘違い。クラリス様はフェリクス様のお姿を、いつでも探しているのですわ！」

キラキラした瞳を向けるオレリア。

「そ、そんなこと……」

「分かりますよ、クラリス様。だから今日の若草祭も、フェリクス様とお祭りデートがしたかったわけですね」

「デート？　オレリアがなにを考えているか分からないけど、私はそんなつもりじゃ……」

「あっ、出てきましたよ！」

私が否定しようとすると、オレリアは既に視線を外して前方を指差していた。

溜《た》め息《いき》を吐き、そちらに顔を向けると——一際、見事な毛並みをした馬に乗ったフェリクスが、校庭に入場してくるところだった。

「……っ！」

思わず息を呑《の》んでしまう。

フェリクスが乗馬している姿を見るのは、なにも初めてのことじゃない。

だけど若草祭の雰囲気も相俟《あいま》ってなのか、今日の彼はいつも以上にカッコよく見えた。

堂々とした様子で、馬が校庭を歩く。

観衆の視線が自然とフェリクスに集中する。

目が離せない……そんな魔法のような魅力を、フェリクスは放っていた。

「フェリクス様、素敵ですわ……」

「そ、そうね」

オレリアの言葉に、私は相槌《あいづち》を打つ。

……やっぱり、カッコいいわよね。

どうして私の婚約者なのか、つくづく不思議になってしまうくらい。

とはいえ、死に戻り前のことがチラチラと頭をよぎるので、他の子たちみたいに純粋に楽しめない。

少し複雑な気分になっていると――フェリクスの乗った馬が私の方向に……？

「え？」

突然の出来事に戸惑う。

フェリクスと馬がこちらに来ると、人々は自然と道を空けた。

そしてフェリクスの馬は私の前で止まり、彼が馬上から腕を伸ばす。

「お姫様。あなたを迎えにきました。どうか、僕の後ろに乗ってください」

フェリクスがそう言うと、周りから黄色い声が上がった。

彼の視線は私に真《ま》っ直《す》ぐ向けられている。

「クラリス様——王子様が待っていますよ」

「え、ええ。そうね」

オレリアに背中を押され、私はフェリクスの手を取ってしまう。

彼の後ろに乗ると、馬はゆっくりと歩き始めて元のルートに戻った。

「……どういうつもりよ」

私は抗議の意味を込めて、フェリクスを問い詰める。

「どういうつもり……って、このことかい？」

「それ以外になにがあるのよ」

「大丈夫。これは先輩たちと話し合って、あらかじめ決めていたことだから」

「そんなことを心配してるんじゃなくて……っ！」

「君と早く一緒になりたかったんだ。イベントが終わるまでなんて、もう待ってられない」

「……っ！」

この男……そんなことをさらりと言って……！

私はなんだか恥ずかしくなってきて、フェリクスの背中に顔を埋《うず》める。

「……バカ」

と小さく呟く。

その呟き声は歓声に遮られて、フェリクスの耳には届かなかったようだ。


「クラリス様、フェリクス様！　素敵でした！」

乗馬部のイベントが終わって。

オレリアと合流すると、彼女は開口一番、そう声を発した。

「ありがとう。今日のことを先輩たちと相談して決めた甲斐《かい》があった。これでも、僕のワガママを通すのに苦労したんだよ？」

フェリクスがちょっと誇らしげに言う。

「まるで童話の王子様とお姫様のようでした。ああ、素敵……しばらくはこれでお腹《なか》いっぱいですわ。一週間はなにも食べなくて十分かもしれません」

「ちゃんと食べなさいよ」

と私は呆《あき》れる。

フェリクスの粋な計らいで馬に乗って、それからはずっと彼と一緒にいた。

ロレッタのことを警戒している私にとっては、ある意味よかったかもしれない。

だけど結局、ロレッタは最後まで姿を見せなかった。フェリクスにも聞いてみたけど、彼女のことは一度たりとも見ていないらしい。

前とは違う……ってことかしら？

「まあそんなことより――部長たちと合流しましょうよ。二人とも、乗馬部のイベントが終わるのを、待ってくれているんだから」

「そうですわね。二人とも、きっと寂しがっているはずです」

私たち三人は、部長とモニカさんがいる部室に向かって歩き出した。


部長たちと合流。

そこで私たちは早速、準備に移った。

「このような服、初めて着ますわ」

オレリアが物珍しそうな顔をして、鏡の前で体を捻《ひね》ったりしている。

彼女が着ている服は、深緑色の作業着である。

素材自体はごわごわしているけど、不思議と動きやすい。

献身部はゴミ拾いの奉仕活動にも取り組んでいるので、こういった服も常備しているらしい。

今は卒業した部員もこれを身につけていたみたいで、私たちの分も用意されていた。

「あら、なかなか似合ってるわよ。可愛《かわい》い」

「あ、ありがとうございます！　そういうクラリス様もとてもお似合いですわ！」

「そう？」

私もオレリアの隣に立って、鏡に映る自分の姿を見た。

うーん……我ながら似合ってるわ。髪も後ろで一括《くく》りにして、その見た目は本職の人となんら変わらない……はず。

「二人とも、嫌がらないのね」

とモニカさんが無表情で口にする。

彼女も作業着姿だ。

しかし着慣れているのか、いつもと変わらない調子である。

「嫌がる？　どうして嫌がる必要があるのでしょうか。いつもの制服姿だと動きにくいですし……」

「貴族の中には、こういう地味な服を着たがらない方も多いからね。でも、クラリスとオレリアは楽しそうだわ」

「これはこれで新鮮だから、良いんですわ！」

とオレリアが答える。

「はは、クラリスはなにを着ても似合うんだね」

頬を掻《か》くフェリクス。

フェリクスも私たちと同じような作業着姿。

彼は私のことを褒めているが、彼も大概である。

元々手足が長くすらっとしているものだから、その姿はまるでモデルみたい。

「そういうあなたも似合ってるわよ」

「ありがとう。クラリスがそう言ってくれて嬉しいよ」

微笑むフェリクス。

「じゃあ、早速活動を始めようか」

みんなと同じように作業着姿の部長。

「僕たちは学園の東側を中心にゴミ拾いをやっていこう。クラリスくんとフェリクスくんの二人は、西側を中心にお願い出来るかな？」

「分かりました」

「任せてください」

フェリクスが頷《うなず》く。私も続いて了承した。

「モニカくん、オレリアくん。行くよ。僕たちはお邪魔ですからね」

「はい。早く二人の前からいなくなりましょ」

「クラリス様、フェリクス様！　楽しんで！」

そう言って、部長とモニカさん、オレリアの三人は部室から出ていった。

「先日からそうだったけど……三人とも、なにを考えているのかしら」

「なんだろうね」

と彼は肩をすくめた。

「僕たちも行くよ。僕たちで学園中をキレイにしよう」

「もっちろんよ！」

こうして私たち――献身部の活動が幕を開いたのだ。

……と意気込んでいたものの、私たちのすることは少なかった。


いくら若草祭の浮かれた雰囲気の中であっても、そこにいるのは育ちのいい貴族なのだ。

ゴミはちゃんとゴミ箱に捨ててくれているのか、私たちの出番は少ない。

「クラリス様、フェリクス様⁉　そのお姿はなんですか？　仮装ですか？」

途中、クラスメイトの女の子が私たちに気付いて、そう声をかけてきた。

「仮装じゃないわ。部活の一環で、ゴミ拾い中なのよ」

「そういえばお二人とも、献身部という部に入ったんでしたね」

「そうよ。似合ってる？」

「ええ、とても！」

腰に手を当ててポーズを取ってあげると、彼女はそう言って目を輝かせた。

こんな感じで……作業着姿のまま練り歩く私たちは、相当目立った存在らしく、色々な人たちが声をかけてきた。

だけどみんな、好意的な印象を抱いているらしく、私は自らの思惑が上手《うま》くいっていることを確信するのであった。

「平和だね」

歩きながら、フェリクスがそう口にする。

「ええ。でも私たちの出番がないというのは、いいことかもしれないわ。そもそもみんながみんな自覚を持って、ゴミをポイ捨てしなければいいだけなんだから」

「だね」

とフェリクスが返事をする。

三十分くらいは経過したけど、未《いま》だに私たちが持っているゴミ袋の中はまだまだ余裕がある。予備として、もう一つ袋を持ってきていたが……この調子ではそれを使うこともなさそう。

「あっ、クラリス。あれを見てよ」

フェリクスがとある出店を指差す。

「フランクフルト……だってさ。クラリスは食べたことある？」

「ええ。でも一度か二度くらいね」

「そうなんだね。僕はないんだ。僕の家は、そういうのにうるさかったから……」

フランクフルトとは、串に大きなウィンナーを刺して炙《あぶ》ったもの。

片手で気軽に食べられるものの、必然とかぶりつくような形になる。平民の料理……とまでは言わないが、公爵家の人間が食べるものではないだろう。

「じゃあ、せっかくだし食べてみましょうよ。今日くらいはいいでしょ？」

「……！　うん！」

嬉しそうなフェリクス。

私たちは作業着姿のまま、出店でフランクフルトを二人分購入。

近くの木の下のベンチに座って、フェリクスと一緒にフランクフルトを頬張った。

「美味《おい》しい！」

一口食べて、そう目を輝かせたのはフェリクス。

「アツアツの出来立ては、やっぱり美味しいわね」

「食べた時のパリッていう食感が癖になるよね。スパイシーな味付けも、このウィンナーによく合ってる。いくらでも食べられそうだよ」

フェリクスが美味しそうにフランクフルトを食べていく。

私の場合、伯爵令嬢ではあるが、お父様がこういったものに寛容な方であった。

お父様にはよく街の市場に連れていってもらい、そこで私はフランクフルトを食べていた。

とはいえ、死に戻り前においては十歳を超えたくらいから、私の方からそういった料理を避けるようになった。

こういうのは貴族が食べるものではないと思っていたからだ。汚らわしいとすら思っていた。

だけど地下牢《ろう》に入れられて、毎日水のようなスープと固いパンばかりを食べる経験をさせられたら、嫌でも食べ物の有り難みを理解するようになる。

小さい頃に食べたフランクフルトの味を思い出しながら、私も彼と一緒に食べていた。

「……あれ、クラリス。どうしたんだい？　笑ってるけど……」

「え？」

思わぬことを言われて、つい聞き返してしまう。

「笑ってたかしら？」

「うん、笑ってた。でもクラリスが楽しそうに笑っていてくれると、僕も自然と笑顔になる。楽しいね、クラリス」

「……ええ、楽しいわ」

素直に答える。

若草祭はこれで四回目なのに、どうしてこんなに心が弾むんだろうか？

死に戻り前では取り巻きの令嬢たちと回っていたが……こんなに楽しくなることはなかった。

フェリクスの顔をじーっと見ると、彼は不思議そうに首を傾げた。


少しお昼休憩を取った後、ゴミ拾いを再開。


私たちはゴミが落ちていないかを確認しながら、次は校舎の中に足を踏み入れた。

当然だが、出店やイベントは屋外だけでやっているわけではなく、校舎の中でも似たような催しが開かれている。

お化け屋敷《やしき》を開いている心霊部。自作の小説の冊子を並べている文芸部。本当のお店さながらの喫茶店を営業している料理部——様々な部の催しが、私たちを楽しませてくれた。

いつしか、ゴミ拾いよりも若草祭を楽しむことを主眼に置いてしまったくらいだ。

一階から順番に回っていったが、やがて屋上に繋《つな》がる扉の前で足を止める。

「……さすがに屋上では、なにもやっていないみたいね」

「そうだね。まあ、せっかくだからここも見てみようか。そろそろ風に当たりたくなってきたしね」

「そうね」

フェリクスの提案に、私は同意する。

目の前の扉を開ける。

みんなは祭りに夢中で、こんななにもない屋上にわざわざ足を運んだりしない。

だから当然、誰もいないと思っていたんだけど……。

「あっ」

思わず声を出してしまう。

その声に気付いたのか、屋上の柵にもたれかかって遠くを眺めていた男の顔が、ゆっくりとこちらを向いた。

「……なんだ、クラリスとフェリクスか。どうしてここに――って、その服装はなんだ？」

何故《なぜ》かそこでは、ヘルムート殿下が一人で佇《たたず》んでいたのだ。

「くくく、ゴミ拾いか。部活動の一環とはいえ、まさか貴族がそんなことをしているとはな。だからその服装というわけか」

屋上。

私たち三人は柵に腕を乗せて、眼下の風景を眺めながら会話を交わしていた。

「その表情だと、若草祭を満喫しているようだな。どうだ？　フェリクスとの祭りデートは」

「祭りデート？　違いますよ。これは部活動の一環だと言ったでしょう？　部長たちと分かれて、こうしてゴミ拾いをしているだけ」

そう言うと、ヘルムートはきょとんとした顔でフェリクスを見た。

「……そうなのか？」

「いえ、僕はそういうつもりなんですが……だけどこれはこれで、僕たちらしい。僕は彼女のこういうところが好きですからね」

二人とも声を潜めて話していたので、内容まではいまいち分からなかった。

次にヘルムートは私の方を向いて、こう口を動かす。

「なるほど。薄々は気付いていたが――クラリスは恋愛には鈍感ということか」

そんな彼の物言いに、私は少しムッとした。

「そういう殿下はどうなのですか？　人のことを語れるほど、恋愛の経験があるとでも？」

「俺か？」

自分を指差すヘルムート。

確か死に戻り前ではヘルムートは婚約者がいなかったはずだ。それが今回も同じなら、私に「恋愛には鈍感」と言う権利はないはず。

「ないな。俺に恋人や婚約者など必要ない」

とヘルムートは断言する。

どうやらここは、前と同じようである。

「ですが、婚約者候補は何人かいらっしゃるのでしょう？」

「まあ……俺にその気はないが、親父《おやじ》やお袋が勝手に探し出してくるな」

親父とお袋……というと国王陛下と王妃のはずである。その二人に対して、そんな呼び方が出来るのは、世界広しといえども彼一人だけだろう。

「何人かとは顔合わせしたことがあるんだがな。だが、どれもピンとこない。俺は俺を支えてくれるような人物ではなく、俺の脅威となるような人物を嫁にしたいのだ」

「脅威……ですか？　それじゃあ苦労しそうです」

「苦労するだろうな。だが、だからこそ面白い」

ニヤリと口角を吊《つ》り上《あ》げるヘルムート。

しかしすぐに溜め息を吐いて。

「とはいえ、今までそんな女と出会ったことがない。その可能性が唯一あるとするならば――」

「誰かいらっしゃるのですか？」

「…………」

ヘルムートは私をじっと見つめる。

彼の真意が分からず、私は首をひねった。

「……すまぬ、間違いだ。忘れろ」

それ以上問いただしてくるなと言わんばかりに、ヘルムートは私から露骨に顔を逸《そ》らす。

相変わらず気まぐれな男である。

「もしかして殿下もクラリスを……？　いや、さすがにそれは考えすぎか。殿下だって、それが大変なことになるって——でもクラリスはとても魅力的な女性だし、そういうことも——」

フェリクスにいたっては、難しい顔をしてぶつぶつとなにかを呟いていた。

「お前らの話をしよう。お前らはどうなんだ？　上手くいってるか？」

「フェリクスと……ですか。ええ、良好な関係を築けていると思っています。私にはもったいないくらいの人物です」

「彼女の言う通り、良い関係かと。誰も割って入れないくらいの信頼関係を築いています」

そう語るフェリクスの言葉には、ちょっと棘《とげ》があった。先ほどから、なんなのだ。

「うむ、それはなによりだ。先日、あの性悪女……ロレッタといったか？　ヤツがフェリクスにバカげた告白をした時は、驚いたがな。二人がお互いにそう思っているなら、たとえヤツが再び立ち塞がろうとも、心配はいらないだろう」

その話を聞いて、私はきょとんとする。

「告白……？」

「なんだ？　もしやその様子だと、まだクラリスには言ってなかったのか？」

「彼女を不必要に心配させたくありませんでしたから。ですが、そろそろ打ち明けてもいいかもしれませんね。クラリス、実は……」

私はフェリクスから先日、ロレッタとの間で起こった事件について詳しく聞いた。

委員会議があるからと、フェリクスがロレッタに呼び出された日……まさか、そんなことがあったなんて。

「そ、そんなことが……」

だけど話を聞くに、フェリクスはちゃんと断ってくれたみたい。

私はそのことに、ほっと胸を撫《な》で下《お》ろした。

「さすがにもう、フェリクスにちょっかいをかけてこないだろうが……あの女には用心しておけ。お互いにな」

「はい」

「もちろんです」

若草祭に姿を見せないのも、その件があったからだろうか？

ならば運命が変わったということだけど……まだまだ油断は出来ない。

『物語の強制力』の恐ろしさは、何度も実感しているからだ。

「殿下はロレッタさんのことを、あまり好きではないようですね」

今はロレッタについて情報をもっと知りたい。

ゆえに私は、ヘルムートにそう問いの言葉を紡いだ。

「好きではない……というのはあくまでオブラートに包んだ言葉だ。俺はあいつのことが大嫌いだ」

「どうして？　なにか理由があるのでしょうか？」

「うむ……そう言われたら、答えに窮してしまうな。ただ……」

　ヘルムートはゆっくりと語り出す。

「ヤツは光魔法に目覚めてから、王宮に住み込むことになった。国の最高魔術師と呼ばれる、宮廷魔導士に魔法を教わる必要があったからな。しかし――王宮でのあの女の振る舞いは、なかなか醜いものであった」

「醜い？」

「うむ。ヤツは俺と兄上たち――第一王子と第二王子に媚《こ》びを売り、取り入ろうとしていたのだ。まあ、あんな見え見えの誘惑に引っかかるほど、俺もヤツらも愚かではないがな」

「そういったところを見てきたから、ロレッタのことが嫌いだと？」

　次に、フェリクスがそう質問した。

「まあ、そうだな。しかしそれだけが理由ではない。実際、兄上たちは彼女のことを、特段嫌っているわけでもなかったからな。第一王子《アレクシス》は興味がなく――第二王子《ウォーレス》にいたっては、どこか愉快そうだった。俺がヤツを嫌っている理由。それはヤツの力にある」

「力……」

　ロレッタが平民でありながら、王家の恩寵《おんちょう》を受けられる理由――光魔法。

死に戻り前でも、彼女が魔法を使っている様子は見たことがない。

すごいすごいとは言われているが、光魔法とは一体なんなのだろうか？

「なんだ。光魔法について、あまり詳しく知らないか？」

私の心を読んだかのように、ヘルムートが問いを投げかけてくる。

「ええ……あまり詳しくは存じ上げていません。フェリクスは？」

「僕も似たようなものだよ。光魔法は使い手が少なかったこともあって、それについて記されている文献もあまり多くはないからね」

「そうだろうな。あと、我が国にとって光魔法は有益だから、他国に情報を漏らさないためにわざと隠している一面もある。ゆえに俺も詳しくはないが……『光魔法とは世界の理《ことわり》の内側にある全てに干渉し、民を導く力』と聞いている」


――世界の理。


確か私が死んで、この度の人生で覚醒する直前、頭の中に響いてきた言葉。

あの時はなにがなんだか分からなかったけど……まさかここで、もう一度その言葉を聞くことになるとは思わなかったわ。

「なんだか曖昧な話ですね。ですが、それを僕たちに教えてもよかったんでしょうか？」

私が考えている間にも、フェリクスはヘルムートに問いかける。

「いい。これくらいは調べれば誰にでも分かるような情報だ。しかし裏を返すと、王族の俺とて、それくらいしか分からなかったとも言い換えられるが——兄上たちはなにか勘づいているようだから、尚更《なおさら》歯痒《はがゆ》い」

ヘルムートは声に悔しさを滲《にじ》ませる。

「だが、俺は光魔法というのは使い手によって、毒にも薬にもなるような予感がするのだ。そして……あのロレッタは光魔法の使い手として、ふさわしくない」

「ふさわしく、ない」

「そうだ。あやつの力は国を救うどころか、国を滅ぼす——」

と言いかけたところで、ヘルムートは額に手を当てて首を横に振る。

「……すまぬ。少し言い過ぎたな。しかし俺があいつのことを警戒しているのには変わりない。ヤツにだけはフェリクスを渡すなよ？」

「ええ。言われなくてもそのつもりです」

「僕もクラリスを裏切るわけにはいきませんから」

ヘルムートから聞けた話は、そこまで具体性のあるものではなかった。

しかし何故だろう。

彼の話を聞いてから、私が今まで抱いていた違和感が全て解消されたような……そんな気分。

なんというか……パズルのピースが揃《そろ》った感じ。

だけどどうやってそのパズルを完成させていいか分からず、私はもどかしさを感じた。

「さて――俺はそろそろ帰る」

考え込んでいると突然、ヘルムートが話を切り上げて、私たちの前から立ち去ろうとした。

「帰る……？　夜にはダンスパーティーもありますよ」

「そんなものに興味はない」

ヘルムートは私の言葉をそう切り捨て、屋上から出ていってしまった。

「……そういえば聞くのを忘れてたけど、殿下はどうしてこんなところに一人でいたのかな？」

「さあね」

と私は肩をすくめる――ものの、死に戻り前のヘルムートを知っているから、彼が抱えている孤独についてはよく知っている。

王子という身分だからこそ、どうしても周りの人間も対応に困る。普通の友達として接しろと言われても、無茶な話だろう。

さらに上には、史上最高の王子とも言われる第一王子と第二王子がいる。言葉には出さないが、ヘルムートはそんな兄たちに劣等感を抱いている。

断罪のことを抜きにして考えると――彼とはもっと仲良くなりたいと思っていた。

なにかきっかけがあればいいんだけど……。

そんなことを考えながら、私たちも彼に続いて屋上を後にした。

早いもので祭りも終わりに近付いてきた。

すっかり日も落ち、夜の学園は昼とはまた違った装いを見せている。

今日の校舎は祭り用にライトアップされているので、まるでお城に来たみたい。

祭りの最後にはダンスパーティーが開かれる。学園内にいる人たちはみんな、それに向けて気持ちをさらに昂《たかぶ》らせていた。

だけど私は……。


「え？　クラリスはダンスパーティーに出ない？」


献身部の部室。

ゴミ拾いが終わって休憩している時、フェリクスは私の言ったことに目を丸くした。

「え、う、うん」

そんなに彼が驚くと思っていなかったので、一瞬戸惑ってしまう。

「夜のダンスパーティーへの参加って任意よね？　今日は疲れたし、もう家に帰ろうかなーって
……」

今日は一日中、歩き回っていた。

足が棒のようになっていて、正直今すぐにでもベッドに寝転がりたい。

「それはいけませんわ！」

オレリアがそう声を上げる。

「クラリス様には婚約者のフェリクス様がいます。夜のダンスパーティーでは、婚約者がいる人はその方と踊ることになっていますわ。それなのに帰るだなんて……」

「で、でもそれは義務っていうわけじゃないでしょ」

あくまで、一部の生徒がそう言っているだけのことである。

「それに……私、パーティー用のドレスを持ってきてないし」

まさか制服姿のままで出るわけにはいかない。

「それは問題ないと思うよ」

しかし、部長がそう口にする。

「どういうことですか？」

「先ほど、若草祭の運営部から連絡があってね。なんでも、クラリスくんの家の方が来られているようなんだ」

「…………」

嫌な予感がするわ。

「あ、あの、部長。悪いですが、やっぱり私、帰りま──」

そう言葉を続けようとした時だった。

「クラリスお嬢様！　このリタ、ドレスを届けに参上いたしました！」

――遅かった。

ドアが勢いよく開けられ、中に入ってきたのは私の専属メイド――リタであった。

「あ、あなた、どうしてここに⁉」

彼女はいつものメイド服姿。

この学園でリタの姿が見られると思っていなかったので……なんだか変な気分。

「私はクラリスお嬢様の専属メイド。あなた様が困っていたら、どこにでも駆けつけます」

そう言って、リタは大きい衣装ケースを広げる。

そこには淡い青色のドレスが入っていた。

「焦りましたよ。クラリスお嬢様がドレスを忘れていると知ってから、奔走し……なんとか祭りの運営部に繋いでもらい、そこから献身部に確認……ようやくここまで辿《たど》り着《つ》くことが出来ました」

「い、いや……それは忘れてたんじゃなくて……」

お弁当を忘れたから、親が学校まで持ってくる……というようなお話を、どこかで読んだことがある。

それと同じスケールで、ドレスを持ってこないで欲しい。

「お着替えはもちろん、私も手伝わせていただきます。さあ、これでフェリクス様と一緒にダンスパーティーに出席できますね！　伯爵様と夫人様からも目一杯楽しんでこいと伝言を預かっております！」

リタは前のめりになって、そう捲《まく》し立《た》てた。

「さすがリタ様ですわ……！　仕事とはいえ、クラリス様への献身的な態度に行動力。まさしく理想のメイド。わたくしのクラリス様への献身は、まだまだ彼女の足元にも及びませんわ……」

何故だか、オレリアは自分の不甲斐《ふがい》なさを悔いている。

「使用人の苦労を無駄にするわけにはいかないよね？　ただでさえ、クラリスは使用人に優しいんだから」

そう口にするフェリクスは、どこか嬉しそうである。

「は、ははは。そうね」

……うん、これは逃げられないわ。

私は引《ひ》き攣《つ》った笑顔を浮かべるのであった。


ローズベル学園には、立派なダンスホールがある。特別な日には、そこでダンスパーティーが開かれるのだ。

なんて呑気《のんき》な――と思う人もいるかもしれないが、私たち貴族は社交界という名の戦場に放り出されると、しばしばダンスパーティーに立ち向かわなければならない。

外部からは「金の無駄遣い」とも言われる施設ではあるが、生徒たちの教育のためには必要不可欠なのである。

そんな華やかなダンスホールで――私はフェリクスと踊っていた。

「クラリス、今日の君も世界で一番美しいよ」

彼が私の顔をうっとりした目で見て、そう言葉をかけてくる。

「ふうん、ありがと」

「あんまり嬉しそうじゃないね？」

「あなたに言われ慣れているからね」

そう息を吐く。

彼と婚約してから六年が経っているのだ。フェリクスと踊ることはさすがに初めてではない。死に戻り前の分もカウントすると、もう数え切れない。

しかし最近は学園の入学準備やらで忙しく、彼と踊ってこなかった。

だからこうして彼と久しぶりに踊ると、胸が高鳴る自分がいることに気付いた。

「クラリスは照れ屋だなあ」

フェリクスが楽しそうに言う。

彼のダンスは包容力があって、私が少しミスしてもすぐにカバーしてくれる。

こうして踊っているだけでも、周囲からの視線を感じる。

まさしく、今このダンスホールで一番目立っているのは私たちだろう。自信を持って、そう言える。

私はステップを踏みながら、彼と言葉を交わす。

ちなみに……他の献身部の部員たちも、このダンスパーティーに参加している。しかし他に婚約者が決まっている人はいないので、各自思い思いの人とダンスに興じていた。

部長はモニカさんと踊っている。

部長がモニカさんを誘った時、彼女は表情を変えずに、

『あら、そう。お相手がいないのね。仕方ないわ、私が一緒に踊ってあげる』

と彼の手を取った。

そっけない態度のように思えるが――あの時のモニカさん、頬が少し朱色に染まっていて、とても可愛かった。やっぱり部長のことが気になっているのかしら？

オレリアもダンスホールに着いた瞬間に、色々な男性から声をかけられていた。

『わわわ！　どうしましょう、クラリス様！　わたくし、誰と踊ればいいのですか⁉』

そう慌てるオレリアも、彼女らしかった。

最終的にはクラスメイトの優しそうな男性を、ダンスのパートナーとして選んでいた。今頃、彼

女も楽しんでいるのかしら？

「照れ屋って言ったけど——別にそういうことじゃないんだけどね」

「照れ屋ってことじゃなかったら、なんなのさ」

フェリクスの問いに、私は少し迷ってから答える。

「なんというか……今、こうしていることが夢みたいで」

「夢？」

フェリクスやロレッタに断罪された時、私はたくさんの絶望を味わった。

まさか彼ともう一度、こうして踊れるとは思っていなかった。

彼のことは嫌いじゃない。今でも好きだった。

だけど。

「……言葉にしたら、この幸せが消えてなくなってしまいそうで」

そう私は続ける。

「フェリクスやオレリア、ヘルムート殿下も一緒にいて、献身部の先輩も優しくて……今がすっごく楽しい。でも——怖い。夢を見るのよ。これだけ優しいみんなが顔色を変えて、私を糾弾している夢を——そして私はお城の地下牢に閉じ込められて、いつか処刑される」

「どうして君が処刑されないといけないのさ。それに……たとえなにがあっても、僕は君の味方だよ」

私の言ったことを冗談だと受け取ったのか、フェリクスが笑う。

「ありがとう。だけど……やっぱり怖い」

優しかった人たちが、まるでなにかに操られているかのように私を責め立てるのが。

だから――愛されなくて構いません。

あの絶望をもう一度味わうくらいなら。

最初から愛されない方が良いに決まっているから。

「だからフェリクスにしたら、私はちょっと困った婚約者なのかもしれないわね。素直じゃなくて意地っ張り。ダンスパーティーをすっぽかそうとする。婚約者が私じゃなかったら……って思うこともあるでしょ？」

「……うん。婚約者がクラリスじゃなかったら――って思うことはあるね」

否定の言葉が返ってくると思った。

しかしフェリクスからそんな答えが返ってきて、私は思わず「え？」と聞き返してしまう。

「だけど、その後に続く言葉は『もし婚約者がクラリスじゃなかったら――こんなに幸せじゃなかった』ってことさ。僕は君を一度たりとも、困った婚約者だと思ったことはない。クラリス、僕は君のことを最初からずっと愛している」

「――っ」

嬉しい。

フェリクスは誠実な男だ。

こういう時、嘘《うそ》やお世辞を言わないことは知っている。

ダンスパーティーの雰囲気もあるのか、彼に真っ直ぐ見つめられて、そんなことを言われると嬉しくて泣いてしまいそうになった。

「フェリクス……」

——だからきっと、これは気まぐれ。

私はフェリクスを見上げ、彼の思いに応えるべく——。

「フェリクス様！」

その時。

ダンスホールに声が響き渡った。

「君は……ロレッタ嬢？」

彼女の突然の登場に、戸惑いを隠し切れない様子のフェリクス。

ダンスの音楽が鳴り止み、周囲の視線がロレッタに向けられる。

「はいっ！　ロレッタです！　今日はフェリクス様に、どうしても渡したいものがありまして！」

ロレッタがフェリクスを見上げ、そう声を上げる。

彼女のドレスは、大胆に肩と胸元を出した妖艶なものであった。

少女と大人の相反する魅力を、その身に二つとも宿らせていた。

こいつ……っ！

今まで姿を現さなかったのに、よりにもよってこのダンスパーティーでなの⁉

どこまで私の邪魔をすれば気が済むのよ！

自然と警戒し、私はロレッタとフェリクスの間に立ちはだかろうとするが、

「心配しないで」

それをフェリクスはさっと手で制す。

そして私を守るようにして、ロレッタに厳しい視線を向ける。

「どういうことかな？　先日、僕には関わらないでと言ったはずだ。それなのに、この楽しいダンスパーティーで声をかけてくるとは……それがどういう意味なのか分かってる？」

彼にしては珍しく、その声には静かな怒りが含まれていた。

しかしロレッタは怯《ひる》まない。

「もちろんです。ですが、あんなことでフェリクス様に嫌われたままなのは、わたしも納得出来ないんです」

「あんなこと？」

フェリクスの眉間がピクリと動く。

彼がこんなに怒っているのを見るのは、死に戻り前のことも含めて初めてかもしれない。

「僕は君に警告したんだ。君がそれに納得するかしないかは、この場では問題じゃない。納得しなくても、君は僕の警告に従うしかないんだ」

「で、でも……っ！　どうしても、これを……」

満を持してという感じで、ロレッタが後ろで組んでいた手を前に持ってくる。

その両手にはとんでもないものが載っていた。


「親愛の指輪です！　仲直りの証《あかし》として、どうか受け取ってください！」


…………。

はい？

この子、正気？

「…………」

フェリクスもロレッタのしでかした行動に、怒るというよりも唖然《あぜん》としている。

そりゃそうだ。

フェリクスから聞いていたが――先日の一件で、フェリクスは彼女との縁を切った。

話しかけてくるだけでも、十分喧嘩を売っているというのに……今はダンスパーティー中なのよ？　しかも婚約者と踊っている最中よ？

それで仲直りの証だと言って、指輪を渡すバカがどこにいる。

周りでことの成り行きを眺めていた他の生徒たちも、同じことを思っていたようで、

「あの子……バカすぎない？」

「いくら平民で貴族の常識を知らないとはいえ、これは酷すぎる。非常識だ」

「婚約者とのダンスを邪魔して、親愛の指輪？　自分勝手すぎますわ」

と彼女の愚行に、ヒソヒソと話をしている。

だが、その言葉はロレッタの耳に届いているはずなのに、彼女はフェリクスを真っ直ぐ見つめたまま。

自分の行いが絶対に成功すると確信しているのかしら？

しかしフェリクスは首を横に振り。

「……悪いが、それは受け取れない。クラリスとの大事なダンスも邪魔されたしね。このことは公爵家の名を使い、君と王家に正式に抗議させてもらう」

「どうしてもですか？」

「ああ、絶対に受け取らない」

きっぱりと断るフェリクス。

その言葉には呆れの感情が含まれているように思えた。

……いやー、私もこれは呆れるしかないわ。私の出る幕がないじゃない。だってこんなの、誰に聞いてもロレッタが悪いと答えるだろうから。彼女の味方は誰一人いない。

死に戻り前じゃ、もっと狡猾《こうかつ》だった気がする。しかし今の彼女は追い詰められ、焦っているようにも感じた。

一体、前回と今のロレッタではなにが変わったのだろうか。

「…………」

ロレッタの表情が一転。

可愛らしい笑顔だったのに、急に真顔になった。

「……あっそ。だったら、もういいですよー」

くるっと踵《きびす》を返すロレッタ。

あら？

意外とあっさり引き下がるわね？

そのことに違和感を抱いていると。

「後悔しないでくださいね！　その女より、わたしの方が絶対にいいんですから！　まあ——もうそんなこと、直《じき》に考えることも出来なくなると思いますが」

とロレッタは最後に言い残して、その場から走り去ってしまった。

私とフェリクスも――いや、この場にいる誰もが彼女を呼び止めようとしない。

嵐のような出来事を前に、みんなは言葉を失っている。

ただダンスホールには、甲高いヒールの音が不気味なくらいに響き渡っていた。


ロレッタの姿が見えなくなった後。

ダンスホールにいたオレリアと部長、モニカさんの三人が心配した面持ちで、私たちに駆け寄ってきた。

「クラリス様！　フェリクス様！　ご無事ですか⁉」

オレリアは私とフェリクスの身をそう案じる。

「ええ、大丈夫よ。心配かけて、ごめんね」

「それにしても……まさか、あんなことが起こるとは。あれは光魔法の使い手、ロレッタくんだったね」

「はい」

部長の問いかけに、私は首を縦に振る。

「ロレッタくんは一体、なにを考えているんだろう。どうしてこんなところで、フェリクスくんに親愛の指輪を渡そうとしたのか……」

「実は……」

フェリクスがみんなに、ことの成り行きを説明する。


みんなは一様に驚いた表情。

「なんてこと……婚約者がいる男性に告白するだけでも十分非常識だというのに、よりにもよってダンスパーティー中にリベンジ？　こんなみんなが見ている場所であのような行動に出るのは、無謀を通り越して愚かとしか思えないわ」

とモニカさんはロレッタへの不快感を表情に滲ませ、そう憤った。

死に戻り前でも、ロレッタはフェリクスに親愛の指輪を渡したけど、もっと人気《ひとけ》の少ない屋上で……だったはず。

こんな周りに人がいる場所で暴挙を働いたとしても、フェリクスはああいう返事しか出来ない。

こうしている間にも、ホールにいる人たちは先ほどの彼女の愚行について、ヒソヒソと話をしている。

話の内容としては『世間知らず』『非常識』『バカ』といったものだ。

今回の件について、フェリクスは公爵家から正式に抗議すると言っていた。他の人の証言もこれだけ用意出来るし、さすがに王家もだんまりを決め込むわけにはいかないだろう。

光魔法の使い手だから、特別にローズベル学園に通わせてもらったと聞いているが、このままでは停学――いや、退学処分がロレッタに下されるかもしれない。

つまり。

「断罪を避けることが出来た？」

私はそう小さく呟く。

今回の件でロレッタの愚かさは、他のみんなにも知れ渡った。

もう彼女がなにを言っても、なにをしてもまともに受け取らない。

私を断罪しようにも、ロレッタは八方塞がり。

この状況から、彼女が逆転することは非常に困難と言わざるを得ないだろう。

「クラリス……？　なにか言ったかい。断罪……って言葉が聞こえてきたけど」

「な、なんでもないわ」

首を左右に振る。

油断するわけじゃないけど……ロレッタの自爆によって、私の断罪がなくなることはほぼ確実。

しかし何故だろう。

『後悔しないでくださいね！　その女より、わたしの方が絶対にいいんですから！　まあ――もうそんなこと、直に考えることも出来なくなると思いますが』

ロレッタの去り際の言葉を思い出すと。

私の中の胸騒ぎは消えるどころか、ますます酷《ひど》くなっていくのであった。


その後、ダンスパーティーも終わって。

私とフェリクス、オレリアは部長たちと一緒にホールのバルコニーに場所を移した。

「キレイな月ね」

「だね」

みんなと一緒に月を眺める。

他の生徒たちもバルコニーに出て、同じように夜空を見上げている。

いよいよ祭りが終わろうとしていることに、みんなは寂しさを感じているようだった。

「若草祭、楽しかったですわ。美味しいものもいっぱいありましたし！」

「オレリアくん、ゴミ拾いをそっちのけで、色んなものに目を奪われていたね」

「リンゴ飴《あめ》をお代わりした時は、さすがに私もオレリアの食欲に恐れをなしたわ」

「うぅ……だって美味しかったんですもん。で、ですが！　ゴミ拾いをそっちのけとは言いがかりです！　ゴミ拾いもわたくし、たくさん頑張りましたわ！」

部長とモニカさんにそう言われ、オレリアが慌てて言う。

そんな三人の姿を見て、私とフェリクスは小さく笑った。

どうやら私たちと分かれていた間も、あちらはあちらで若草祭を満喫していたらしい。

「クラリス様。出来れば来年は一緒に祭りを回りましょうね」

「そうね。オレリアと二人だったら楽しいと思うわ」

「おいおい、婚約者の僕を差し置くつもりかい？」

「フェリクスは今年、ほとんど一緒だったじゃない。二年連続で私を独占するなんて欲張りよ。来年はオレリア」

「二年でも三年でも、君を独占したいさ。でも……オレリア相手なら仕方ないかもしれないね」

苦笑するフェリクス。

場には穏やかな時間が流れていた。

「あっ、見て。花火が上がるよ」

そう言って、部長が夜空を指差す。

ダンスパーティーが終わって、楽しかった若草祭の幕も下りる。

だけど最後の最後でメインイベントが待っている——夜空を花火で彩るのだ。

花火が上がる音が学園中に響き、月の隣に大輪が咲き誇る。

パラパラと音を立てて、花火が散っていく様も儚《はかな》くてキレイだった。

「キレイ……」

思わずそう声を漏らしてしまう。

死に戻り前——この若草祭でフェリクスと一緒に花火を見た時を思い出す。

『ねえねえ、フェリクス！　すっごくキレイね！　あなただって、そう思うでしょ？』

私は彼の肩を揺らして、必死にそう問いかけた。

そうしたのは、フェリクスは少しも楽しくなさそうだったからだ。

彼は夜空を見上げて、

『うん、そうだね。陛下の誕生式で上がった花火に比べたら、ちょっと小ぶりだけど……これはこれでいいね』

と答えた。

だけどすぐに花火から目線を外してしまった。

花火はとてもキレイだったけど、やはりたかが学生のお祭りでのものだ。今までフェリクスが見てきたであろう豪華な花火に比べたら、どうしても見劣りするんだろう。

フェリクスと一緒にいたけど、私は孤独だった。

感情を共有せずに、私たちは別々の方を向いていた。

それに気付くと、寒気がするほどの寂しさを感じた。

もがけばもがくほど、彼は私から離れていく。取り残された私の心は、迷子になった子どものように涙を流す。

しかし今は違う。

「本当に素敵だね……今まで見たどんな花火よりも、みんなと一緒に見るこの花火が一番美しい」

フェリクスの視線は真っ直ぐ花火に向けられていた。花火の美しさに心奪われている。

そしてそれは彼だけではない。

「若草祭の最後を彩るのにふさわしいですわ」

「この花火は何回見てもいいものだね」

「部長、毎年最後まで絶対に残って、花火を見るもんね」

親友のオレリアに部長、モニカさんといった献身部の人たちもいる。

前回の人生とは——変わったのだ。

私は一人じゃない。

こうしてみんなと一緒に、同じものを見ていた。

やがて花火も終わりに近付く。

最後に、これまでで一番大きな音がしたかと思うと、今までのものがただの前座だと感じるくらいの巨大な花火が炸裂《さくれつ》した。

情熱的な赤色をした光の芸術が咲き誇る。


その時だった——。

学園の空気が一変した。

始まりはフェリクスだった。

夜空を見上げていた彼が急に俯《うつむ》いて、そのまま動かなくなったのだ。

「……？　フェリクス？」

異変を感じ話しかけるが、彼からの返事はない。

そしてその異変はフェリクスだけではない。

オレリアやモニカさん、部長――さらにはバルコニーにいた他の生徒も、急に糸が切れたみたいに動かなくなっていた。

「ねえ、みんな。どうしたのよ。一体なにが……」

そう言いながら、フェリクスの肩を揺さぶる。

すると彼は顔を上げて、

「行かなくちゃ……」

と小さく呟いた。

その双眸《そうぼう》には生気が宿っていない。

どこか空虚なもので、目の焦点は私ではなく虚空に向けられている。

「ちょ、ちょっと、様子がおかしいわよ。それに行かなくちゃ……ってどこに……」

「ロレッタのところに……」

そう言って、フェリクスは私の手を振《ふ》り解《ほど》く。

そしてゆらりとした動きで、歩き出してしまったのだ。

「フェ、フェリクス！　私の話を聞いてってば！」

慌てて、フェリクスの肩をもう一度摑《つか》む。

しかしフェリクスの歩みは止まらない。

まるで見えないなにかに引っ張られているかのように、ふらふらとした足取りでバルコニーを後にしようとしている。

無理やり止めようとするけど、この時のフェリクスは何故だかすごい力で、私ではその歩みを遮ることは出来なかった。

「お姫様……ロレッタのところに……お姫様……ロレッタのところに……」

フェリクスは先ほどから夢遊病者のように、何度もそう繰り返している。

「ロレッタのところに？　どうしてあんな女のところに行くのよ」

「お姫様……ロレッタのところに……」

問いかけても、やはりそれに対する答えは得られなかった。

急にどうして？

訳は分からないが、今のフェリクスをロレッタに会わせるわけにはいかない。

私はそう直感する。

こうなったら押し倒してでも、フェリクスを止めなければならない。

そう思い、私は腕にぎゅっと力を入れようとすると――。

「きゃっ！」

短い悲鳴を上げてしまう。

誰かに後ろから肩を摑まれ、強い力で引っ張られたからだ。

「クラリス様……いけません……フェリクス様はロレッタ様のところに、行かなければ……」

「オ、オレリア⁉　あなたまで、なに言ってんのよ！」

声を張り上げる。

オレリアが私の肩を摑んでいる。本来なら、彼女は非力な女の子なんだけど――何故だか、今の彼女はフェリクスと同じように力が強くなっていた。

「と、とにかく、フェリクスを止めなくっちゃ……」

こうしている間にも、フェリクスの背中がどんどん遠くなっていく。

焦りでどうにかなってしまいそうになるのを堪えながら、私はそれでもオレリアの手をなんとか振り解こうとする。

だけど、ダメ。

「クラリスくん、フェリクスくんを行かせてあげなよ」

「二人の邪魔はしちゃ、いけないわ」

オレリアだけではなく、部長やモニカさん……そして他の生徒も、まるで餌に群がる虫のように私を取り囲み出したのだ。

みんな、フェリクスと同じような異変だ。

そんな彼ら、彼女らに、私は不気味さを感じた。

そうこうしている間に、とうとうフェリクスがバルコニーから出ていってしまう。

「大変……！」

早く彼を止めなければ――しかし私を止めようとしてくるみんなを振り解くのに、多大な時間を消費してしまった。

「オレリア、モニカさん、部長……あとで戻ってくるからね！」

そう言い残して、バルコニーを後にする。

既にダンスホールにはフェリクスの姿はなかった。

すぐにダンスホールから出ようとするが……それは叶《かな》わない。

何故なら。

「バ、バルコニーにいた人だけじゃなくて、ここもなの⁉」

――私の視界に入る人たちみんな、先ほどのオレリアたちと同じようになっていたのだから。

みんなは私を見つけるなり、ゆらりと動き出す。

私はその間隙を縫うようにして、人混みから逃げようとする。しかしみんなは腕を伸ばし、私の動きを妨げようとしていた。

それでもなんとか、ダンスホールを後にするが……ここでもまた、無駄な時間を消費してしまった。

なんとなく予感はしていたけど、ダンスホールから出ても状況は同じだった。

まだ学園に残っている生徒……さらには先生までもが、みんな誰かに操られているかのように私の邪魔をする。

なんとか捕まらないようにして動くが、これではフェリクスを見つけ出すどころじゃない。

そしてしばらく走った後。

中庭に差し掛かったところで、とうとう体力が切れてしまい足を止めてしまった。

それを見計らって、中庭にいた人たちが私を取り囲む。

「ダメ……フェリクス様はロレッタ様へと……」

「貴公子様はお姫様に愛を……」

うわ言のように、同じことを繰り返している。

こうしている間にも人の数はさらに増えていき、とうとう私は身動きが取れなくなってしまう。

息苦しさすら感じた。

万事休す。

押し潰そうとしているのか、彼ら、彼女らが私の体に伸《の》しかかってきて……。


「クラリス！　俺の手を取れ！」


その時、声が聞こえた。

一瞬の後、密集していた人たちの間からにゅっと手が伸びてくる。

私は反射的にその手を握る。

すると強い力で引っ張られ、私はなんとかその場から脱出することが出来た。

一体、誰が……そう思って顔を上げると。

「へ、ヘルムート殿下！」

「無事か？」

――ヘルムートが真剣な口調で、私にそう問いかけた。

その双眸にはしっかりと光が宿り、私の瞳に真っ直ぐ視線が向けられていた。


「ど、どうして殿下だけが……」

「話は後だ」

そう言って、ヘルムートは周囲に視線を巡らす。

「今はこの場を離れるぞ。じゃないと、話も出来ん」

「はい……！」

ヘルムートに腕を引っ張られて、私はその場から脱出する。

しかしそれを遮るかのように、ゆらゆらと動く生徒たちが妨害してくる。私たちはそれをなんとか掻《か》い潜《くぐ》りながら、人気《ひとけ》のない教室に逃げ込むことに成功した。

ここは一年生のAクラス――私たちの教室だ。

「……ここならしばらくは大丈夫そうだな」

とヘルムートが一息吐《ひといきつ》く。

「ヘルムート殿下、これは一体どうなってしまったんでしょうか？　みんな、何者かに操られたかのように私たちの動きを妨害して……それに、どうして殿下だけが唯一正気を保っているのでしょうか。これはどういう――」

「まあ待て」

ヘルムートは私の口元に人差し指をあてる。

「焦る気持ちは分かるがな。一つずつ説明していこう。まず俺は……」

とつとつとヘルムートは説明を始めた。

ヘルムートは私たちと屋上で別れた後、本当に王宮まで帰ろうとしていたらしい。

だが、今から王宮に帰っても、特にやることがないことに思い当たる。それにむずむずとした嫌な予感もあった。

ゆえに彼は途中で踵を返し、学園近くを当てもなく散歩をしたり、喫茶店で時間を潰していた。

そしていよいよ帰ろうとした時――花火が上がっているのが見えた。若草祭の花火か……と思ったのも束《つか》の間《ま》、大きな花火が咲き誇った。

それは不自然なことではない。しかし違和感があった。花火の輝きがあまりにも強い気がしたからだ。

嫌な予感がしたヘルムートは、学園に急いだ。

「学園に到着すると……生徒共が全員正気を失っていて、まともに話が出来なくなっていた。誰かまともなヤツがいないのかと奔走して――ようやくお前を見つけたというわけだ」

「そうだったんですね。助けていただき、ありがと――」

「礼は全てが終わってから聞こう。今はこの状況をなんとかすることの方が先だ」

とヘルムートの表情がさらに真剣味を帯びる。

「お前は花火が上がった瞬間、学園の中にいたのか？」

「はい、そうです」

「うむ、ならば不思議だな」

「不思議……？」

「こんな異常事態となっては、いつもは聡明《そうめい》なお前でも状況判断が出来ぬか？　では、問うぞ。俺は学園の外にいたから平気だったとして——学園の中にいた者の中で、正気を失っていない者はいたか？」

「いえ、一人たりとも見つけられませんでした」

「だろう？　それは俺も同じだ。再度、問おう——花火が上がった瞬間に学園の中にいたというのに、何故お前だけはまともなのだ？」

「……っ！」

それを聞いて気付く。

そうだ……どうして私だけは普通なんだろう。

フェリクスとオレリア、部長とモニカさん。

あの場にいた全員が異常な状態になっている。

同じ場所にいたのに、どうして私だけが違うのか。あの人たちと私ではなにが違うんだろうか。

「分からぬようだな」

「すみません……」

「まあ分からないことを、いつまでもうだうだ考えている時間もない。次に取るべき行動を模索しよう」

ヘルムートは指を二本立てて、こう続ける。

「俺たちが取るべき行動は、大きく分けて二つあると考えられる。まず一つ目はこの学園からの脱出だ。そして救援を求める。これが最も現実的なものだろう。

そしてもう一つは……俺たちでこの事件の大本を突き止め、元の状態に戻すことだ。だが、それは非常に困難であり危険が多い。俺としては勧めることが出来ないが……」

ヘルムートの言っていることはもっともだ。

ただの学生である私たちが、こんな異常事態を解決しようとすることは無謀だろう。

だけど。


『お姫様……ロレッタのところに……』


そう――うわ言のように繰り返し、姿を消したフェリクスのことが気にかかる。

「……なにか不安なことがあるみたいだな。話してみろ」

とヘルムートが優しげな口調で言う。

「はい。実は……」

私はあのダンスホールで起こった出来事について語る。

するとヘルムートは顎に手をやり、思案顔になって。

「なるほどな。やはり……」

「なにか分かったのですか？」

「今はまだ、ただの推測だがな。しかし……この事件の犯人——そして、どのような方法を用いたのかについても分かったかもしれぬ」

「そ、それは一体⁉」

私はそう訊《たず》ねる。

だが、ヘルムートは試すような口調で私に問いかけた。

「お前でも分かるのではないか？　考える材料は全て揃っている」

私でも分かる……？

考えてみよう。

この一連の事件について、気にかかるのはフェリクスの行動だ。みんなが私を止めようとしてくるのに、彼だけは私に脇目も振らずにどこかに行ってしまった。

そしてあの時、フェリクスが繰り返していた言葉を聞くに、彼はロレッタのところに行こうとしている。

ロレッタもこの事件で正気を失っているんだろうか。

彼女といえば光魔法の使い手である。

光魔法がなんなのかは分かっていないが、もしかしたらこの事件を解決することが出来る……？

――いや、違う。


『光魔法とは世界の理の内側にある全てに干渉し、民を導く力』


「あ」

屋上で聞いたヘルムートの言葉を思い出し、私は答えに辿り着く。

思わず声を漏らしてしまうと、

「分かったか」

とヘルムートは優しい笑顔を浮かべた。

「はい……光魔法は民を導く力。それはもしかして――人を操る力ではないでしょうか？」

これはあくまで推論。言いがかりかもしれない。

だが、そう考えれば色々と辻褄《つじつま》が合ってくるのも事実だ。

ロレッタは花火の光に紛れ込ませて、光魔法を発動した。それによって学園中の人々を操った。

操った人々の大半には私の足止めをさせて、フェリクスだけを自分のところに呼び寄せる。

そして……彼女が操れるのが、世界の理の内側にいる者だけならば。

死に戻った私は、世界の理の外側にいると言っても過言ではないんじゃないだろうか。

だから学園の中にいたのに、私にはロレッタの光魔法が作用しなかった——と。

「ならば、俺たちの行くべき場所は決まっているな」

「はい、ロレッタさん——いや、ロレッタのところですね」

フェリクスが彼女のところに向かっているなら、どちらにせよ行かないという選択肢はない。

他から救援を呼んでいる時間もないだろう。

それくらいのこと、ロレッタが考えていないとは思えないからだ。

「だが、問題はあの性悪女がどこにいるか……だ。クラリス、なにか心当たりはあるか？」

「そうですね……まず、ロレッタの力は限定的なものであると考えられます」

もし力が無制限なら、わざわざ学園の中だけに限定して光魔法を発動させる必要はないように思える。そのせいでヘルムートが救援にきちゃってるしね。

「だから……そんなに遠隔で発動させられないと思うんですよ。それにフェリクスを呼び寄せるなら、そんなに遠くで待っているわけにもいきません」

「確かにそうだな。ということは近くにいると？」

「ええ。おそらく学園の中……そしておそらく、学園全体の光景を眺められる場所にいると考えられます」

基本的に魔法というものは、相手を自分の視界に入れておく必要がある。優れた魔法使いなら別だが……そうであっても、目の前にいる相手に魔法をかける方が何倍も正確性が高くなる——というのは学園の授業でも習った基礎的なことだ。

「だから光魔法を行き渡らせるため、なるべく学園全体を俯瞰《ふかん》出来る場所にいると思います」

「学園全体を……なるほど！　そういうことか！」

ここでヘルムートも合点がいったのか、そう指を鳴らす。

「はい。学園全体の光景を眺められる場所――ロレッタは校舎の屋上にいる可能性が高いと考えられます」

もちろん、これはただの推測。

そもそも光魔法の能力の推察から間違っていて、ロレッタは学園にはいないのかもしれない。

だけど不思議なことに、今の私にはこの推測で間違いないという確信があった。

「屋上に行きましょう？　殿下も付いてきていただけますか？」

「俺もか？　別にいいが……もしロレッタが光魔法を完全に使いこなせるようになっていた場合、足手まといになってしまうかもしれぬぞ？」

「足手まといになんて、とんでもない。殿下が近くにいてくれるだけで、十分心強いですから」

虚勢で平常心を装っているが――やっぱり、怖い。

私一人でロレッタに対峙《たいじ》したら、きっと過去のトラウマが頭をよぎって、まともに動けなくなってしまうだろう。

「なら――行くか。俺とて、ヤツに一発食らわせたかったからな」

ニカッとヘルムートは少年のような笑みを浮かべた。

……そうとなれば決まり。

だが、彼と話している時間が長かったせいか、他の人たちが私たちのいる場所を突き止め、この教室に雪崩《なだ》れ込《こ》んできた。

「ふんっ、その程度で俺たちを止められると思っているのか？」

そう言って、ヘルムートはロッカーからあるものを取り出す。

それは体育でも使っていた、彼専用の模擬剣である。

「お、お手柔らかにお願いしますよ？　私たちの推測が当たっているなら、その人たちはロレッタに操られているだけ。言うなれば被害者なのですから……」

「無論だ、怪我《けが》はさせんよ。まあ……筋肉痛くらいは覚悟してもらわねばならぬがな」

とヘルムートは楽しそうに言う。

死に戻り前では断罪するために私の前に立ちはだかった彼だが、今は心強い味方になってくれている。

ちょっと不思議な気分——でも嬉しい。

「行くぞ！」

「はい！」

私はヘルムートと一緒に校舎の屋上を目指して、駆け出した。

◆　◆

――お姫様になりたかった。


わたし、ロレッタは小さい頃に読んだ本の影響で、お姫様に憧れていた。

こんな風にわたしもなりたい。

そんな不相応な夢を抱いた。

そんなある日、突如わたしは光魔法に覚醒した。


――やっぱりだ！　わたしは選ばれた人間だったんだ！


しかし肝心の光魔法はなかなか使いこなすことが出来ずにいた。

このままでは大雑把な命令しか下すことが出来ないし、仮に使ったとしても少しでも心が乱れてしまえば魔法が解除されてしまう――と聞いた。

次第に王宮にいる者たちの、わたしを見る目が厳しくなってきた。

そんなある日。


『ローズベル学園に通わせてみようよ。環境を変えれば、なにか起こるかもしれないし』

あのいつも軽薄な笑顔を浮かべている第二王子が、そう提案してきた。

彼の全てを見透かしているような瞳を見ていると、自然と不安な気持ちになってくる。なにかを企《たくら》んでいる気がするからだ。だけどわたしには拒否権はない。

こうしてわたしは本来、貴族しか通えないはずの学園に通うことになった。

そこで出会ったのが――フェリクス様だった。

王子様の前に黄金の貴公子を摘《つま》み食《ぐ》いしてみよう……最初はそんな軽い気持ちだった。

だが、階段下に転落する一件でクラリスに助けられてから、いつしかその気持ちは強いものとなっていた。

それはまるで、あらかじめ世界にはシナリオというものがあって、わたしたち一人一人が役者。

役者が自我を持とうとしても、世界のシナリオがそれを許さないかのよう。

――世界の理。

光魔法というのは、なんなのだろうか?

世界の理の内側にいる者を、全て意のままに操れる能力と聞いていたが――もしかしたらこれは、もっと別の大きなもので……。

そこまで考えると、また頭の中に黒色の靄《もや》がかかって、即座にフェリクス様への恋慕の気持ちでいっぱいになった。

そこでわたしは若草祭に賭けることにした。フェリクス様に親愛の指輪を渡して、仲直りをするのだ。

『……悪いが、それは受け取れない』

だけどやっぱり、彼はわたしを拒絶した。

それでわたしは覚悟が出来た。

光魔法で学園を包んでしまえばいい――そうすれば、みんなのわたしを見る目も変わる。フェリクス様もわたしのものになってくれるはずだ。

「ふふふ、良い眺めです」

そしてわたしは今――校舎の屋上にいる。

冷たい夜風がやけに心地よかった。

ギイイィィッ。

屋上に繋がる扉が開く。

「お姫様……ロレッタのところに……」

そこから、フェリクス様が現れた。

「ふふふ、やーっぱり最後にはわたしのところに帰ってきてくれるんですよねー！」

──わたしの光魔法も、なかなかやるじゃない！

わたしはそうほくそ笑む。

フェリクス様はふらふらとした足取りではあるが、わたしに歩み寄ってくる。それはお伽噺《とぎばなし》の中にある、お姫様を迎えにきた王子様のようだ。

王子様が来たなら、最後にお姫様がすることは決まっている。

「わたしを迎えにきてくれたことに対する褒美ですよね」

わたしは両腕を広げる。

「フェリクス様、愛してますよ」

もう少しでフェリクス様がわたしのところに辿り着こうとした時。


「フェリクス！」


それはお伽噺に泥を塗るような行為。

扉の前には、憎きクラリスとヘルムート殿下の姿があった。

◆　◆

「クラリスっ……！　あなた、またわたしの邪魔を……」

屋上の端に立っているロレッタは、私を見て顔を歪《ゆが》める。

フェリクスはロレッタに向かって歩いていたが、私が呼びかけたおかげなのか、今はその歩みを止めていた。

「やっぱりここにいたのね……！」

よかった……！

もしいなかったら、他に行く当てがなかったからね。

「おい、性悪女。この学園の異常事態、貴様が引き起こしたんだな？」

「はい、そうですよー」

あっさりと白状するロレッタ。

たとえ自分の悪事がバレても、私たちではどうしようも出来ないと確信しているからだろうか。

「このような真似《まね》をして、どうなるか分かっているのか？　光魔法を悪用したとして、貴様は幽閉される。いくら優れた力だとしても、悪に手を染めるなら国にとって有害だからな」

「大丈夫ですよ。王宮にいる人たちも、わたしの光魔法でみーんな魅了してあげますからっ」

「出来ると思うか？」

「出来ますよ。だって見てくださーい！」

ロレッタは両腕を広げ、眼下の風景を示す。

「こーんなに、たくさんの人がわたしの言うことを聞いてくれてるんですよ？　王家では期待外れと言われたわたしでも、本気を出せばこれくらいのことは出来るんですから！」

ニコッと笑みを浮かべるロレッタ。

その瞳には異様な光が宿っていた。

出来るわけがない……ヘルムートはそう思っているだろう。

しかし私だけが、ロレッタの言動に恐怖を感じていた。

思えば――死に戻り前でもロレッタは光魔法を使って、フェリクスたちを魅了していたのでは？

フェリクスは真面目な男だ。

いくらロレッタに魅力を感じていようとも、一方的に私に婚約破棄を叩《たた》きつけ、断罪を下すとは思えない。

だけど――それもみんな、ロレッタの仕業だと思えば納得が出来る。

前回とはシチュエーションが違う。

しかしこのままでは、前回と同じ結末に行き着くことになるだろう。

だから私は彼女の言っていることを、否定することが出来なかった。

「ならば貴様を捕らえ――ぐっ⁉」

ヘルムートが床を蹴り、ロレッタと距離を詰めようとした瞬間であった。

急に彼はそこで動きを止め、苦しみ始めたのだ。

「き、貴様……っ、光魔法を――」

「殿下に光魔法が効いていなかったのは、やっぱり学園の外にいたからですね？　ダメですよー。祭りを途中で抜けるだなんて、やんちゃな真似は」

とロレッタはくすくすと笑う。

「問題は……どうしてそこのクラリスに光魔法が効いていないかってことだけど……わたしの光魔法って不完全らしいし、それが原因なんですかねー？　あなた、どう思います？」

「知らないわ」

ロレッタの言葉を、私はそう切り捨てる。

私が世界の理の外側にいるから――という推測を今言ったとしても、彼女に余計な情報を渡してしまうだけだからだ。

唯一、今の私に有利に働くのは、光魔法が効かないという点。

その利点をわざわざ手放すような真似をするわけがない。

「まあ良いでしょう。なんにせよ、あなたはもうなにも出来ない」

そう言って、ロレッタはフェリクスを指差す。

すると彼女の指先から、光の粒子が飛び出していったのが見えた。その粒子はフェリクスの頭を包む。

「くっ……があっ！」

フェリクスは頭を押さえ苦しみ、歩行を再開した。

「フェリクス！　行かないで！」

私はすぐさまフェリクスに駆け寄ろうとするが……。

「く、くそっ！」

ブンッ！

私の前で模擬剣が振るわれる。

「体が言うことを聞か――ぬっ。あんな性悪女の言いなりになってしまうとは……っ」

模擬剣を握ったヘルムートが、私の前に立ちはだかっていた。

彼はもう片方の手で頭を掻きむしり、なんとか自分を律しようとしている。ゆえに模擬剣はそれ以上振るわれることがなかったが、私を通せんぼしていることには変わりない。非力な私では、彼から逃れることが出来ない。

その程度に留まっているのは彼の精神力の賜物《たまもの》だとも言えるけど。

「はーはっはっはっは！」

そんな光景を眺めて、ロレッタが魔女のような高笑いをした。

「良い気味ですね？　婚約者はわたしに奪われ、味方だったはずの殿下はあなたに牙を剝《む》く。わたしの邪魔をするから、そんなことになるんですよっ！」

この笑顔――そう、私は一度見たことがある。

死に戻り前だ。

あの時の私はロレッタのやったことが光魔法のせいだということも分からず、彼女に敗北を喫してしまった。

また同じことになるの？

――あなたは私を裏切りませんか？


その時。

フェリクスと再び婚約することになった決め手――彼とのやり取りを思い出す。

――裏切るわけがない。僕は君のことを一生愛し続ける。


彼は力強く、そう言葉を返してくれた。

それは死に戻り前との繋がりを断つ、魔法の言葉。

あの言葉があったからこそ、私は思わずフェリクスの告白に首を縦に振ってしまったのかもしれない。

「フェリクスっ！」

私はもう一度、彼に強く呼びかける。

断罪されないためなら、愛されなくても構わないと思っていた。

だけど……やっぱり嫌。

だって私は。

「フェリクス！　泥棒猫のところにまた行かないで。そんなヤツの愛に応えないで。私はあなたを愛してる！　もうこんな光景は見たくないわ！」

◆　◆

——これは悪役令嬢が断罪された後のお話。

「フェリクス様、やっとあの邪魔者がいなくなりましたねー」

アシャール公爵家の屋敷、寝室。

隣には一糸まとわぬロレッタがいる。

僕は彼女の肌を優しく撫《な》でて、こう口を開いた。

「ああ……そうだね」

このところ、頭がぼんやりとしている。なにかがおかしい……と思うと、途端に暗雲が思考を覆うせいで、まともに考えることが出来なくなっていた。

ゆえに愛するロレッタと一緒になれたというのに、僕の心は何故か空虚なまま。

そんな心情を彼女に悟られたのだろう。

「……ちっ」

とロレッタが舌打ちをする。

「やっぱり、光魔法でわたしのものにしても、つまらないですね。あー、どうして欲しいものが手に入ったら、途端にいらなくなるんだろ。フェリクス様は分かります？」

「ロレッタ、一体なにを……」

「もういいや。光魔法解除」

そう言って、ロレッタが僕の額にぴとっと指を付ける。

その瞬間——僕の心に雪崩れ込んできたのは、後悔の念だった。

「ああああああ！」

喉が張り裂けんばかりに叫ぶ。

一体……僕は今までなにを？

そうだ、婚約者のクラリスだ。

彼女は傲慢でワガママなところがあるが、僕のことを愛してくれていた。

僕もその愛に応えようとしていた。

最初は彼女の嫌なところばかりが目に付いた。彼女に反省もして欲しかった。

しかし……いつしか気付く。

――僕の心はこんなにも、彼女に愛を感じていたんだ。

最初は無理やりだった。

婚約者は誰でもいい、そう思っていた。

だけど……僕のそんな心境を薄々勘づいていそうなものの、彼女は変わらない愛を誓ってくれた。

そんなクラリスのことが愛おしくなっていき、僕はいつしか本気で彼女のことが好きになっていた。

彼女への愛情に気付いた僕は、今度こそ真実の愛を貫こうとした。

しかしいつの間にか、その感情はクラリスではなく、ロレッタに向けられていた。

「はーはっはっは！　良い顔ですねえ。自分の婚約者を処刑台まで連れていった気分はいかがですか？」

醜悪な顔で、高笑いをするロレッタ。

彼女の発言を聞いて気付く。

僕がおかしくなったのは……彼女の光魔法のせい？

だが、元はといえばクラリスへの愛情に気付くのが遅れた僕のせいだ。

僕が悪い。

「くそっ、くそっ、くそっ！」

枕に何度も拳を叩きつける。

こんなことをしても時間は巻き戻らないのに。

だけどもし――クラリスにもう一度会えるなら。

彼女の愛に全力で応えたい。

もう一度、同じ道を歩んだとしても、僕はクラリスを愛する――そう誓いを立てた。

◆　◆

「ふふふ、やっぱり最後はわたしが勝つんですねー」

私が呼びかけても、フェリクスは止まらない。

ロレッタの勝ち誇った表情。

彼はとうとう、ロレッタのすぐ目の前まで辿り着いてしまった。

「フェリクス様、あんなバカな女なんて放っておいて、これからわたしといちゃいちゃしましょうね！　まずは誓いの口づけを……」

とロレッタがフェリクスに手を伸ばした時、変化は起こった。

フェリクスは勢いよく顔を上げ、彼女の手首を摑んだのだ。

「え……？」

ロレッタは訳が分かっていなそう。

そんな彼女に対して、フェリクスはこう告げた。

「僕は君のものにならない」

「きゃっ！」

そのままフェリクスはロレッタの腕を力強く引き、彼女を転倒させる。

ロレッタがフェリクスを見上げる。

彼の横顔は、氷のように冷えきっていた。

「な、なんで!?　わたしの光魔法を打ち破ったってことなの？　どうして？　あの女に効かないのは、どうしてか分からないけど——わたしの光魔法は世界の理の内側にある者全てに作用するはず……」

「光魔法……ああ、そういうことか」

フェリクスは彼女を見下ろし、こう続ける。

「光魔法は『全てに干渉し、民を導く力』——だったかな。なんだか長い夢を見ていたようだ。僕の心は君——ロレッタに向こうとしていたんだね。だが——」

と彼は私を真っ直ぐ見つめる。

「クラリスへの愛が、僕を元の場所に戻してくれた。だから言うよ。僕はクラリスを愛している。君みたいな泥棒猫は御免だ」

「くっ……！」

ロレッタは手をかざし、叩きつけるような口調で何度もこう繰り返す。

「光魔法発動！　光魔法発動！　光魔法発動！　光魔法──」

しかし唖然。

いくら彼女が魔法を使っても、フェリクスは表情をぴくりとも変えなかったからだ。

「どうして……？　わたしはやっぱり、王家の期待外れってこと？　どうしてわたしだけが──！

どうしてわたしは、お姫様になれないのよおおおおおお！」

夜空を突かんばかりの獣のような慟哭《どうこく》。

ロレッタが床に両手両膝を突き、心の奥底から叫んでいた。

さらに続けて、硝子《ガラス》の割れるような音。

周囲の空気が変わった。

それは昼間の平和な学園と同じ空気だった。安心して、この場に立っていられるような。

「心を乱して、光魔法を解除してしまったか。やはり──」

その隙を見計らって、ヘルムートが床を蹴る。

そしてロレッタの頭を掴み、床に押し付けた。

「貴様は光魔法の使い手に、ふさわしくなかったようだ」

「なんで、なんで……なんでよ……」

ロレッタの目から敗北の涙が流れる。

彼女からは最早《もはや》、抵抗する気配は感じられなかった。

「ありがとうございます、殿下」

「いい。そんなことより……」

礼を言うフェリクスにそう言って、ヘルムートはくいっと顎で私を示す。

「ここは俺に任せて、行ってこい。お姫様がお前を待ち侘びているぞ」

「……はい」

とフェリクスはヘルムートとロレッタに背を向け、歩き出す。

そして私の前で止まった。

「終わった……のかしら」

「うん」

フェリクスが頷く。

そして私の両肩を摑んだ。

「ごめん。みんなに迷惑をかけちゃったみたいだ」

「迷惑？　そんなこと、気にしなくていいのよ。それに……あなたは戻ってきてくれた。今はそれで十分」

そう言って、私は微笑む。

「クラリス、ワガママを言っていいかい？　『愛してる』って言ってくれないかな？」

「……っ！」

言葉に詰まる。

さっきは勢いに任せて言ったけど……もう一度、ちゃんと言うとなると恥ずかしい。

「そ、そんなことをしている場合じゃ……」

「君からの愛を感じてないと、どうにかなってしまいそうなんだ」

今のフェリクスは駄々をこねる子どもに見えた。

私は溜め息を吐き、

「その……あ、愛してる、わよ。あなたは？」

死に戻り前では、彼に何度も言ってきた言葉。

それなのに――どうしてこんなに恥ずかしいんだろうか？

私は彼から視線を外しつつ、愛の言葉を紡いだ。

「うん、僕もだ。僕を助けてくれて、ありがとう」

そう言って、フェリクスが唇を私の唇に押し当てる。

「――っ！」

頭を駆け巡るのは、死に戻り前を含めた今までの記憶。

悪役令嬢と呼ばれようとも、私は最後までフェリクスのことを愛していた。だから彼に裏切られるのは辛《つら》かった。

そして死に戻った際、もうあんな辛い思いは二度としたくないと思った。

しかし……やっぱり我慢出来ない。

だって私は、こんなにも彼のことが好きなのだから。

「くっくっく……見せつけてくれるな。おい、性悪女。見ておけ。あれが真実の愛だ」

ヘルムートがなにかを言う声が聞こえたが、今の私はフェリクスの愛を全身で感じることで精一杯になっているので、内容は頭に入ってこなかった。

夜空にぽっかりと浮かぶ月。

柔らかい光が、私たちを優しく見守ってくれていた。

エピローグ

「光魔法の発動に成功したみたいだね」

薄暗い部屋。

そこで二人の男が話し合っていた。

片方の男の声は底抜けに明るい。まるでこれから先に起こることを全て知っているような——そんな雰囲気すら漂わせていた。

「しかし——やはり魔法の出力は不安定。たかがローズベル学園の敷地《しきち》内だけだというのに、あのような簡単な命令しか下せないのでは使い物にならん」

一方、彼の言葉に答える男は固い口調。表情も一切変えない。

「今の段階で、あれだけ使えれば十分さ。僕の見立てだと、あと二年はかかる予定だったからね」

「それはそうだが……」

「なんにせよ、環境を変えたのが功を奏した。このままあの女を学園に通わせたいところだけど……そうもいかないだろう。しばらく王宮内で彼女の世話をすることになる」

「だろうな。だが——どうしてヤツは急成長したのだろうか。環境を変えただけというのでは説明が付かん」

「さあね。ただ——」

男は唄うように、こう口にする。

「時に、運命っていうのはたった一人の人間との出会いによって、大きく変わることがある。ロレッタにとって、彼女との出会いがそれだったんだろう」

「彼女――伯爵家の令嬢か。名前はなんと言ったか?」

固い声の男に、彼は明るい声でこう答えた。

「――クラリス・ギヴァルシュ。これは僕の勘だけど、彼女の存在が、これから先の世界の理に大きく関わってくるだろう」

◆　◆

あれからのこと。

光魔法で、私以外の学園内にいた人物が全員正気を失ってしまった――そんな衝撃的な事件ではあったが、ロレッタが途中で魔法を解除したおかげで、大きな被害はなかった。

操られた人々は誰も傷ついていないし、なんならその記憶すらも残っていなかったからだ。

光魔法が解除された人の中には「どうして、ここにいるんだろう?」と首を傾《かし》げた者もいたが、後遺症があるわけでもなく、そういう意味では平和的に解決したと言えるだろう。

しかしそれでロレッタの罪がなくなるわけではない。

今回のことはフェリクスとヘルムートも、それぞれ王家に抗議した。

王家もロレッタが光魔法を悪用した事件を重く受け止め、彼女をローズベル学園から退学させることにした。

ヘルムートから聞いた話によると、これからのロレッタは王宮で半ば幽閉じみた扱いを受けるらしい。

なんだかんだで彼女の光魔法は強大で、国にとって有益だ。

だが、その光魔法はまだ不完全だし、また今回のように力を悪用してもらっては困る。

ゆえに、彼女は娯楽も与えられず、これから光魔法を使いこなすことにその人生の大半を費やすことになるだろう。

そして晴れて光魔法の使い手として認められても、一生国のために尽くすことが義務付けられている。

仮にまたロレッタがフェリクスにちょっかいをかけようとも、彼女の悪行は知れ渡っている。今更、彼女がなにかをしたところで、みんなはまともに取り合わないだろう。

これなら——私が断罪されることもないはず。

死に戻り前では十八歳で断罪されることになるが……十六歳にして、その道《ルート》から大きく外れることが出来た。

――もしかしたら、十八歳のロレッタは光魔法を完全に使いこなせるようになっていたのかもしれない。

ゆえにフェリクスとヘルムートも、彼女の光魔法に完全に操られていた――と推測することが出来る。

しかし今回のロレッタは暴走し……不完全なまま、光魔法を使って自滅してしまった。

さらには私に光魔法が効かなかったことも、大きな誤算と言える。

そういったことが彼女の敗因となったのだ。

これから王宮で監視され、今までみたいに自由な生活を送れない彼女のことを考えると、ちょっと不憫《ふびん》さを感じるが……同情はしない。

だって、私の大好きなフェリクスを取ろうとした泥棒猫なのよ？

これくらいの報いは受けて当然だと思うからだ。

◆　◆

若草祭終了後、学園は少しの間休校になった。今回の事件の後始末に奔走していたのだろう。

しかしほどなくして授業も再開し、放課後――私は献身部の部室を訪れていた。

「あれ？　他のみんなは？」

私より少し遅れて、フェリクスも部室に顔を出した。

「まだ来てないみたいなのよ」

「珍しいね。大体は部長がその席に座っているというのに……」

と彼が奥の椅子に視線を移すが、そこは空席。

二人きりで、部室でこうしているのはなんだか不思議な気分がした。

「ねえ、フェリクス。あの時、あなたにはなんの変化もなかったの？」

「またその話かい？　なにか思い出していないのか……って話だよね。何度でも言うよ。あの時に僕に残っていたのは、君への深い愛情だけさ」

そんな情熱的なことを、さらりと言ってのけるフェリクス。

あの時……どうしてフェリクスがロレッタの光魔法を打ち破ったのか、私なりに考えてみたのだ。

私とフェリクスの愛が、ロレッタの光魔法に勝ったのだ——な一んて、ロマンティックな結末は私たちには似合わない。

だから私はこう思った。

フェリクスも世界の理《ことわり》の外側の人間なんじゃないか？

途中までロレッタの光魔法は効いていたので、発現するのは遅かったのかもしれない。

しかしフェリクスの頭の奥深くには、私と同じように前回の記憶が眠っていた。

そしてなにがきっかけだったのか分からないけど、あの場面で記憶が甦《よみがえ》った。

結果、フェリクスも私と同じ世界の理の外側の人間となったことにより、ロレッタの光魔法を解除出来た……と。

だけどあれから、フェリクスにはそれとなく何度も問いただしてはいるが、芳しい答えは返ってこない。

彼の表情を見るに、本当になにも思い出していないらしい。

これはどういうことだろうか？

あの時、一時的に甦っただけで、また記憶が奥深くで眠ってしまった？

それとも私の推測が間違いで、本当に私と彼の愛がロレッタの光魔法を打ち破った？

……と、謎は色々残っているが、これからゆっくり考えていけばいいだろう。

ロレッタは退学になったし、私にはまだまだ学園生活を楽しむ時間が残っているからだ。

「クラリス、またなにか考えてるね」

急にフェリクスの顔が真剣味を帯びる。

「前から思ってたんだ。君は僕には言っていない秘密を抱えている。その秘密が、君を悩ます原因になっている……って。僕にその秘密を打ち明けてくれる気はないかい？」

「……ごめん」

私も真剣に答える。

「まだ心の準備が出来てないの。打ち明けたら、あなたに変な目で見られるかもと思って。それに……あなたが傷つくかもしれないから」

死に戻り前でフェリクスは私を裏切って、ロレッタに付いた――と聞かされたら、彼はどう感じるだろうか。

責任感の強い彼のことだ。心が壊れてしまうかもしれない。

「そうか」

だけど、フェリクスはそれ以上私を問いただすわけでもなく、柔らかく微笑《ほほえ》む。

「だったら、いくらでも待つよ。君が言う気になったら、いつでも言ってくれ。だけど焦る必要はないよ。人は誰しも、言いにくいことを抱えているものだからね」

「……ありがとう」

本当に彼は優しい。

死に戻り前では――ロレッタの光魔法のせいだとはいえ――彼は私を裏切って、離れていってしまった。

しかし彼はもう一度、私のところに戻ってきてくれたのだ。

――やっぱり私は彼が好き。

これは何度死に戻ったとしても、変わらない事実のように思えた。

「クラリス」

彼が私の両肩に手を置き、名前を呼ぶ。

その様は、あの屋上の時と酷似していて――。

「フェリクス……」

私も彼の瞳を見つめ返す。

そのまま私は引き寄せられるかのように、彼と唇を合わせ――

「失礼するぞ」

――ようとした時。

ノックもなしに扉を開け、部室に入ってくる不届き者が現れた。

その人物とは――。

「へ、ヘルムート殿下⁉」

突然の登場に、私は目を丸くしてしまう。

「なんだ、そんな顔をして。俺がここに来ちゃいかんのか？」

「そういうわけではないんですが……」

部室を包んでいた甘ったるい空気は、すっかりなくなっていた。

フェリクスも私から手を離し、ヘルムートと向かい合っている。唐突な殿下の登場に、彼も戸惑いを感じているようだ。

「そ、それで……殿下はどうしてここに？」

「うむ」

フェリクスの問いかけに、ヘルムートは一度頷《うなず》いて、

「これを持ってきたのだ」

と、胸元から一通の便箋を取り出した。

フェリクスが中身を確認すると……。


「『入部届⁉』」


私とフェリクスは揃《そろ》って声を大にする。

フェリクスが手にしている入部届を凝視した。

……うん。『希望部』の欄には献身部。そして氏名欄には、しっかりとヘルムートという名前が記されている。正真正銘の入部届だ。

「なんだ？　どうしてそんなに驚いている。元はと言えば、お前が俺にここのビラを渡したのが原

因だぞ？」

「それはそうかもしれませんが……」

まさか本気で入部するとは思っていなかったのだ。

「でも、どうして急に心変わりしたのでしょうか？　あの時は部には絶対に入らないと言ってた気がするんですが……」

「くっくっく、楽しそうにしているお前らを見ていたら、部活動というのもそう悪いものではないと思えてきてな。――それともなにか？　俺が献身部の部員になることは、認められない……と。俺だけ仲間はずれか？」

「いえいえ、そんな……それに決めるのは私じゃなく――」

「こんにちは」

急に声がしたのでビックリして振り返ると、扉の前には部長――その隣にはモニカさんの姿もあった。

「部長！」

「なにやら騒がしいと思ったけど……あなたはヘルムート殿下ですね。どうしてここへ？」

「これだ」

とヘルムートはフェリクスから入部届を奪うと、部長たちの前にそれを突きつけた。

「え……？」

感情表現に乏しいモニカさんでも、さすがにこれには目を見張る。

部長にいたっては、固まっていた。全く動揺していない？　いや、逆だ。動揺しすぎて思考と体が停止してしまっているのだ。

「部長」

「……はっ！」

モニカさんの呼びかけに、部長は意識を取り戻す。

「へ、ヘルムート殿下が献身部に入部してくれるんですか⁉」

「そうだ、ダメか？」

先輩相手でも敬語など一切使わない、不遜な態度のヘルムート。

「い、いえいえ！　殿下が入部してくださるなら、これ以上の光栄なことはありません。ぜひぜひ！　入部してください！」

「当然だな」

パチンとヘルムートは指を鳴らす。

ああー……訳が分からないわ。ここのところ、色々と事件が起こりすぎていたから理解が追いつかない。

頭痛を感じて、私は頭を押さえるのであった。

「今日も天気が良《い》い日ですわ！　今日はどんな活動を……って、ヘルムート殿下⁉」

そうこうしていると、オレリアも部室に顔を出した。

「どうしてヘルムート殿下がここに⁉」

「そのやり取りはもう済んだのよ。実はかくかくしかじかで……」

「まあ！」

私が手短に説明してあげると、オレリアは手を組み目を輝かせた。

「なんて、素敵なことでしょうか！　殿下も入部してくださるなら、これからもっと楽しくなりますわ。殿下、よろしくお願いいたします！」

「うむ、よろしくな」

先ほどから、どこか上機嫌のヘルムート。

基本的にヘルムートという男は、いつも不機嫌そうにしている。

そんな男が機嫌よく話しているのだ。明日は雨が降るのかしら？　それとも季節外れの雪？

「…………」

「どうした、クラリス。まだなにか引っ掛かりがあるのか？」

私の視線を感じたのだろうか、ヘルムートがそう問いを投げかけてくる。

「いえ……やはり、急に入部したくなったというのが、どうしても違和感があるといいますか。どうして、殿下の考えが百八十度変わったのか……」

「お前らが楽しそうに見えたというのは、本当のことだがな。だが……あえて理由をもう一つ挙げるなら」

ビシッ！

そんな感じで、ヘルムートがフェリクスを指差した。

「ぼ、僕ですか？」

「そうだ」

困惑するフェリクスに、ヘルムートは首を縦に振った。

「お前と本格的に勝負がしてみたくなってな。先日のような光景を見せられたら、俺とて黙っていられない」

勝負——あっ、体育の模擬試合の一件かしら。

フェリクスといつでも戦いたいから、献身部に入部したってこと？

それをフェリクスも理解したのか。

彼は表情を引き締める。

「それはそれは……まさか、殿下がそんなことを言い出すとは思っていませんでしたよ」

「しかし俺はあの性悪女のように、卑怯《ひきょう》な手を使うつもりはないぞ？　正々堂々、真っ向勝負だ」

「いいでしょう。受けて立ちます。殿下くらい倒せなければ、クラリスの隣に立つ資格なんてありませんから」

「くっくっく、殿下くらい……か。やはりお前は面白い」

どうしてここで、私の名前が出てくるのだろうか？　頭の中でいくつもの『？』マークが浮かぶ。

ヘルムートは次に私に顔を向ける。

「まずはその手始めに……クラリス。俺にその敬語はやめろ」

「……はい？」

「そんなんだったら、いつまで経《た》っても距離が縮まらないだろうが。クラリスだけじゃない。周りの連中も……だ。俺に対して敬語を使うことを禁ずる」

こ、こいつっ⁉

またとんでもないことを言い出した！

「そ、そんな失礼な真似《まね》はさすがに無理ですよ。殿下を友達のように扱うなど……」

「なんだ、いつもは度胸があるのにこういう時だけ、しおらしくなるのか？　ゴリラみたいに面《つら》の皮が厚い女だと思っていた」

「ちょ、ちょっと！　誰がゴリラって――」

部室が笑い声で包まれる。

こんな風にみんなで笑い合える日々が来るとは思っていなかった。

その光景は黄金の青春の一ページとして、私の心に深く――深く刻まれるのであった。

あとがき

この度は当作品を手に取っていただき、誠にありがとうございます。

鬱沢色素《うつざわしきそ》です。


当作品の主人公クラリスは『悪役令嬢』と呼ばれ、処刑されてしまいます。

しかし次に目が覚めた時には――十歳の体に死に戻っていました。

今度こそは断罪されずに平穏無事に生きよう。

愛されなくても構いません！

――と意気込み、クラリスは人生をやり直すことになります。

まず、そのためにはかつて心から愛していた婚約者のフェリクスと距離を取る必要がありました。

何故なら、フェリクスはクラリスに婚約破棄を告げ破滅のきっかけを作った男でもあるからです。

学園に入学すると、一回目の人生でクラリスからフェリクスを奪った『泥棒猫』や、自由奔放な王子殿下も現れ、次々と破滅フラグが立つことになるのですが――。

果たして、クラリスは今度こそ破滅を回避することが出来るのでしょうか？

そして何故、死に戻り前のクラリスは破滅しなければならなかったのか。

その先に辿り着く真実の愛とは――。

……というような当作品。読者の皆様も、奮闘するクラリスを応援しながらお読みいただければ、作者としてこれ以上の喜びはありません。

ここからは謝辞を。

担当の庄司《しょうじ》様。いつもありがとうございます。おかげさまで、より良い作品に仕上がったと思います。今後ともよろしくお願いいたします。

イラストご担当の河地《かわち》りん先生。素敵なイラストの数々、ありがとうございました！　世界観に合ったキャラクターたちがとっても魅力的で、ニヤニヤしながら拝見していました。本当にありがとうございました。

そして他にも、当作品を作るにあたって様々な方にご協力いただけました。この場を借りまして、お礼申し上げます。

そして当作品は鏡《かがみ》ナオ先生（漫画）と吉田屋敷《よしだやしき》先生（構成）によるコミカライズが、好評連載中となっています。クラリスたちの活躍を、こちらでも是非ご覧くださいませ！

そしてなにより、読者の方々。ありがとうございます。今後とも末長く応援していただけると幸いです。

では、また会う日まで。

鬱沢　色素

やり直し
人生では、
平穏無事が
モットーです！

Kラノベブックス

憎《にく》まれ悪《あく》役《やく》令《れい》嬢《じょう》のやり直《なお》し
今度《こんど》も愛《あい》されなくて構《かま》いません

鬱沢色素《うつざわしきそ》

2024年9月30日第1刷発行

発行者	安永尚人
発行所	株式会社 講談社 〒112-8001　東京都文京区音羽2-12-21
電　話	出版　(03)5395-3715 販売　(03)5395-3608 業務　(03)5395-3603
デザイン	おおの蛍（ムシカゴグラフィクス）
本文データ制作	講談社デジタル製作
印刷所	株式会社KPSプロダクツ
製本所	株式会社フォーネット社

KODANSHA

ISBN978-4 06-533105-7　N.D.C.913　273p　19cm
定価はカバーに表示してあります

ファンレター、
作品のご感想を
お待ちしています。

あて先
〒112-8001　東京都文京区音羽2-12-21
(株) 講談社　ライトノベル出版部 気付
「鬱沢色素先生」係
「河地りん先生」係

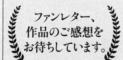